「……単刀直入に言おう。どうか、わが娘の友人になってはくれないか？」
アデルベーター・アンシャイネス
「あの、娘さんのお名前って――」
アルクス＝フォート

「お初にお目にかかります、
エレオノール・アンシャイネスと申します」
エレオノール・アンシャイネス

CONTENTS

プロローグ 006

第1章 023

第2章 048

第3章 060

第4章 071

第5章 087

第6章 100

第7章 114

第8章 135

第9章 168

第10章 175

第11章 198

エピローグ 223

闇堕ちラスボス令嬢の幼馴染に転生した。俺が死んだらバッドエンド確定なので最強になったけど、もう闇堕ち【ヤンデレ化】してませんか？1

オーミヤビ

BRAVENOVEL
ブレイブ文庫

プロローグ

俺、アルクス＝フォートは転生者である。

といっても、前世のことを詳しく覚えているわけではない。

地球という星の日本という国に生きていた男、という漠然とした記憶があるだけで、それ以外に個人に迫るような記憶はほとんど抜け落ちてしまっている。

そんな歪《いびつ》な前世の記憶を持つ俺であるが、あともうひとつだけ前世に関わる記憶が残っていた。

そして、それを元にして考えると、俺が転生したこの世界はおそらく『乙女ゲーム』の世界なのだろうと思う。


『セレスティア・キングダム』


俺が覚えている、ほぼ唯一の前世の記憶。

素朴な庶民の主人公《ヒロイン》が、ひょんなことから貴族の学園に入学し、幾人のイケメンたちと出会って恋に落ちるというありがちなストーリーである。

しかし特筆すべきは、そのストーリー分岐の多さ。

「百の運命に巡り合う」というものをコンセプトにしており、その通り、多岐に渡ってストーリーが展開されていく。

指折りでは数えられない人数の攻略対象それぞれに、幾種ものエンドが準備されている……ということで、ひとつのゲームで何度でも遊べるという大ボリュームとなっている。

量だけあって質が悪い……ということもなく、豪華イラストレーターや脚本家なども携わっており、前世では大きな人気を博したようだった。

俺個人のことは一切覚えていないというのに、このゲームに関しては鮮明に思い出せるのだから、おそらく前世の俺も熱中した一人だったのだろう。

さて、そんな前世の記憶を頼りにしていくと、このアルクス＝フォートという人物は……、どのストーリー分岐でも名前が出てこない。

つまり、モブであった。

記憶が正しくないという可能性も無きにしも非《あら》ずだが、しかし前世の俺は一般通行人Ｃのセリフさえ丸暗記してしまうほどの熱狂ぶりである。

そんな奴にすら覚えられていないあたり、登場していないか、もしくは登場していたとしても限りなく影の薄い存在だったと考えるのが妥当だ。

ということは結局、モブ同然である。

……いや、まぁ。

別に？　気にしてないけどね？

下手にネームドキャラクターになっても大変そうだし。

でももうちょっとなんとかならなかったのか、と俺は誰に対してかわからないけれど問いたい。

本編の舞台は王都の貴族の学園であるのだが、俺ことアルクスはそんなものとは縁もゆかりもない、片田舎のド平民。

ついでに孤児であるという属性もひと添えだ。

つまり、せっかくのゲーム世界だというのにあんなキャラクターやこんなキャラクターと関わるのが難しいということになる。

個人の記憶がないとはいえ、『セレスティア・キングダム』というゲームへのファン魂が残っている以上、それはちょっとばかし悲しいことであった。

いや、だいぶだ。

同じ世界に住んでいるのに会えないというのは悔しさを感じざるをえない。

……まぁ、もし同じ学園に通ったとしても、お近づきになることはないだろうがな。

俺平民、攻略対象ほぼ貴族。

貴族制度がある以上、仲良くなるというのは夢のまた夢だ。

主人公のようにトンデモナイ幸運に恵まれればあるいは……だが、そんな都合良くいくわけもあるまいし。

そう考えれば、まぁ別にモブでもいっかぁ、と納得できなくもない。

それに幸いというか……この世界はいわゆる剣と魔法のファンタジー世界だ。

『セレスティア・キングダム』ファンであると共に、ゲームマニアでもあった前世によれば、超ワクワクするシチュエーションである。

となれば、いつまでもモブだからとメソメソしている場合ではない。

せっかく生まれ落ちてきたこの世界を、目いっぱいに楽しまなきゃ損というものだ。

……もしかしたらもしかすると、ひょんなことでネームドキャラクターにも出会えるかもしれないしね、と思っちゃうあたり、やっぱり未練は断ち切れないんだなぁ。

＊＊＊

「はァッ!!」

幼さを残しつつも威勢のある少年の声と共に、カーンッ!!　という小気味の良い音が響き渡る。

尻餅をついて汗を滴らせている者に、鋭い眼光で荒削りな木剣を向ける者。

それなりの体躯をした男と小柄な少年とが相対している。

優勢なのは前者ではなく、後者。

陰はありつつも美形なその少年は、目の前の男に対し、大人顔負けの威圧感を放って佇んでいた。

いったい彼は、何者なのか——。

「勝負あり！　勝者、アルクス!!」

静寂を貫く審判が告げるその名前は。

うん、そうだね。俺だね。


勝利の宣言と同時に、俺は木剣を鞘《さや》に収める。

「いやー、参った参ったっ！　やるなぁ、坊主」

「すげーっ！　村の大人にみんな勝っちゃった！」

ワッと歓声が満ちる広場。

現在、年に一度村で開催される力自慢大会を行っている最中なのだが、その優勝者がたった今七歳の少年に決まったということで、それなりに盛り上がっているようだった。

(ま、剣を扱える大人がいないからね。これくらいはできないと)

俺だってこの数年間、伊達《だて》に剣を振ってきたわけではない。

前世からの精神の引き継ぎによって子供のように無邪気に遊べず、かといってインターネットもゲームもないこの世界では暇を持て余すしかない。

そんな中で俺が見出したのが剣の修業だった。

この村にはプロの剣士なんかがいるわけでもないので、誰に教えを乞うこともできず、完全な独学となる。

とはいえ前世に持っていたイメージをもとに試行錯誤したら、それなりに動きは様になってきた。プロとはいかずとも多少は剣を心得たと思っている。

そういうわけだから素人《しろうと》の大人相手くらいなら体格差があるとて勝てないと笑い物だろう。

「おめでとうございます、アルクス。将来は立派な騎士ですかね？」

「院長、ありがとうございます」

騒ぎの渦中から抜け出した後、パチパチ拍手をしながらやってきたのは、俺の住まう孤児院の院長である。

白いひげを蓄えた優しそうなおじいちゃんで、この力自慢大会の主催者でもあった。

みんなから慕われる良い人なのだが……こと俺に対しては、ちょっとばかり買いかぶってしまっている節《ふし》がある。

「騎士なんて、僕には難しいですよ。爵位もない平民ですし」

「いえ、賢く強いあなたならきっとなれます」

院長は笑ってそう言うが、手放しにそんなに褒められるとやっぱり照れ臭い。

しかし、この世界における騎士という職業は一筋縄でなれるというものではなく、むしろエリートの中のエリートしか認められないような分野である。

攻略対象キャラに騎士を目指す者がいたが、そいつは容姿・性格・実力ともにトップクラスという設定であり、そこからも騎士という職業がいかに高い地位かが示されている。

転生による精神年齢の引き継ぎによって今はまだ優秀な部類に入れているけれど……「十で

神童十五で才子、二十過ぎれば只の人」とはよく言ったものだ。

いずれ、本物の優秀な人間に追い抜かれるだろう。

前世の記憶や原作知識があるとはいえ、今のところそれを活用する場面はなさそうだし…。

やはりちょっとアドバンテージがあったところで常人では敵わない。

「僕なんてあまり大したことないと思いますけどね」

「ほっほっ。謙虚なのもあなたの良いところですよ」

俺の本音は謙遜と取られたようで、院長はしわくちゃなその手を俺の頭に乗せた。

「あの小さかったあなたが、こんなにも立派になって…。子供の成長というのはやはりあっという間ですね」

俺の頭をゆっくりと撫でながら、院長は笑った。

小っ恥《こっぱ》ずかしいけれど、しかしなんだか安心感が湧いてくる。

それはきっと、この体が幼いから、という理由だけではあるまい。

しばらくの間そうしていると、院長は思案げに瞑目する。

そして、「ところで話は変わるのですが」と前置いてもう一度口を開いた。

「あなたに少し、頼まれてほしいことがあるのです」

「…頼み？」

改まった様子の院長に少し戸惑うが……なにやら、頼みがあるという。

彼からお願いごとをするなんてなかなか珍しい。

いったい何があるというのだろうか。

院長には孤児だった俺を拾って育ててくれた恩義もあるし、なるべく応えてやりたいと思う。

「僕のできることなら、なんでもやりますよ」

「…ふふっ、それは頼もしい限りです」

俺が胸を張りながらそう言ってみせると、困ったような顔をしながら彼は微笑んだ。

そして、そこには少しの罪悪感も含まれているのが、なんとなく見て取れた。

「では、付いてきていただけますか？」

院長はにっこりと笑みを浮かべて、歩みを始める。

少しだけ身構えたものの、俺は言う通りに彼の後ろを付いていった。

＊＊＊

「でっっっか!?」

その建物を視界にとらえた時、俺は思わずそう驚きの声を漏らしていた。

院長に連れられることしばらく。

村を出て、馬車に乗り、峠を越えて森を抜け……思わぬ大移動を経た後にやってきたのは、この辺で一番大きく中心的立ち位置にある街『エーゲンハイト』であった。

各地からの人の往来が絶えず、商店街を歩けば多種多様な物品が露店売りされているのが見て取れる。

そんなふうに、俺の住む閑静な村とは正反対の活気あふれる街へとやってきたのだが……。

院長が連れてきたのは、街の中心に位置するこの馬鹿でかい屋敷であった。

巨大な門が目の前に立ちふさがっているのにも拘《かか》わらず、それでも隠しきれないほどの規模の邸宅。

いったいどうしてこんなところに俺というモブがやってきているのだろう。

「こ、ここが本当に、目的のところなんですかっ⁉」

「はい」

動揺を隠せない俺の質問に、院長はそう言葉少なに答える。

と思えば、なにやら門番らしき鎧に身を纏う人物へと接近し、話を始めた。

内容は特に聞こえてこない。

身振り手振りがあるわけでもないのでいったい何が話されているんだ……と疑問に思ったのも束《つか》の間。

なんと、そのドでかい門が開け放されようとしているではないか。

ゴゴゴ……とダイナミックに開くその光景に呆気にとられてしまうが……院長という人は、いつのまにそんなコネクションを持ったのか……？　とクエスチョンマークが頭に浮かぶ。

まさか誰でもこの門を通すわけでもあるまいし……そもそも片田舎の孤児院長が、なんでこんな豪華な屋敷に用があるというのか。

「付いてきてください」

「……はぁ」

疑問が湧いて止まらない俺をよそに、院長はズンズカと門をくぐっていく。

ここまで来て従わないわけにもいかない。

言われたように俺は後に続いた。

門の向こうは、やっぱりというか、見事な庭園が広がっていた。

七色の花々が絨毯《じゅうたん》のように咲き誇っており、視界がなんとも華やかである。草木も芸術の域といえるほど整えられていて、相当腕の立つ庭師がいるのだろうと想像がつく。

屋敷までの道のりを歩くだけでも心臓がドッキンドッキンしたのだが、屋敷の中はさらに驚くべきものだった。

外見からして当然なのだけど、やっぱり中も馬鹿でかい。

そんでもって内装も実にゴージャスなものだった。

素人目に見ても高級そうな家具が当たり前のように置かれており、純金と思わしき何かの像を見た時は、流石《さすが》に目眩《めまい》がした。

いや、本当、なんでこんなところに俺がいるのだろう。

なんだか来ちゃいけないところに来たような気分になる中、俺と院長は応接間と思わしき空間に通された。

相も変わらずの豪華絢爛さで落ち着けるはずもなく、冷や汗を額に滲ませながら、傷ひとつないビッカビカな黒光りソファに腰かけることしばらく。

「失礼、少し遅れた」

おもむろに扉が開かれて、なんとも威厳溢れる出で立ちの人物が入ってきた。

波打つ金髪と、口元に少しの髭を生《は》やす、実にダンディなジェントルマン。

しかしそのご尊顔はなんというか……ちょっと怖い。

切れ長な目から放たれるその眼光は、小動物くらいならイチコロにしてしまいそうだ。

「いえ、問題ございません」

院長は立ち上がって礼をする。

薄々わかっていたけれど、やはり偉い人らしい。

俺もそれに倣う。

「ふむ、礼儀がなっているな。この者が例の少年か」

「左様《さよう》でございます。至らぬ点はございますが、たいへんよくできた子であります」

畏《かしこ》まった様子の院長と、少し砕けた様子で彼に接するジェントルマン。

どうやら彼らは知り合いらしい。

そんでもって……なんだか俺の知らない間に、俺についての話が進んでいる雰囲気である。

「あぁ、すまない。君にはまだ話を通していないのだった。少し話そう。座ってくれ」

置いてけぼりな俺を察したのだろう。

彼に促されるまま、俺は極上に柔らかいソファに腰を落とす。

それと同時に何処からか、いかにもメイドです、という服装の人物もやってきて、なんとも良い香りの紅茶を置いていった。こんな上等そうな紅茶、前世でも飲んだことないのだが……。

そんな代物《しろもの》を平民である俺に振る舞っているあたり、本物のお金持ちなんだろうな。

まさしく住んでいる世界が違うのだと痛感していると、目の前のダンディは話を切り出した。

「まず、自己紹介をしようか。私の名は、アデルベーター・アンシャイネス。ここらを治める伯爵である」


……え、伯爵!?

めちゃくちゃ貴族じゃないかっ!?

いや、建物のデカさで薄々勘づいてはいたけども……でも実際そうだとなったら話は別だ。

しかも伯爵なんて貴族の中でも高い位だったはず。

そんなやんごとない人物と対面しているなんて……やばい、俺の緊張が限界を超えようとしている。

「え、えっと。アルクス＝フォートと申します……」

「うむ、聞いている。君の活躍と共にな。魔物に襲われている者をなんのためらいもなく助けに行くというのは、大人でもなかなかできんぞ？」

なんの脈絡もなく彼はそう言うが……たぶん、何か月か前のあのことを指しているのだろう。ちょうど森で剣の修業をしているときに、魔物……まぁいわゆる、ドラゴンとかゴブリンとか、前世では空想で語られていた化け物に襲われている人がいたものだから、咄嗟にやっつけたのだ。

別に大したことをしたわけではない。前世ならば表彰ものかもしれないけれど、この世界には剣や魔法なんかが存在しているのだ。慣れていれば戦闘も難しいことではない。

それに、俺が倒したのはゲーム本編でも序盤の序盤に出てくるような雑魚《ざこ》魔物である。剣を扱えれば俺でなくても倒すことができただろう。

しかしどうやら魔物を倒したということだけが独り歩きしたようで、村の人からは英雄だなんだと褒めちぎられてしまったのをよく覚えている。

……まぁそのことを、なぜアデルベーターが知っているのか、という話だが。

「僕のことを知っているのですか？」

「あぁ、そこのザック……君の孤児院の院長から聞いたのだ。彼とは旧知の仲でな」

彼が俺の隣の院長に視線を向けたので、俺も横をチラリと見る。

院長は何やら、申し訳なさそうに眉を下げていた。

「おっと、彼が無神経に君のことを話し始めたわけではないぞ。私から尋ねたのだ。具体的には、『君の孤児院に、賢く、強く、良識のある子供はいないか』とな」

その様子を見て、アデルベーターは補足をする。

……おそらく院長は勝手に俺のことを話したことに罪悪感があるんだろうな。プライバシーという観念はあれど概念はないこの世界だというのに、本当良い人だな、院長は。

とはいえ、賢く強く良識のある子供として俺を挙げるのは、やっぱりちょっと買いかぶりが過ぎるけどね!?

「そしてそれは、今回君を呼んだ理由でもある」

なんだかまた照れ臭くなってくると、アデルベーターは気を取り直すようにこちらに向き直った。

俺も慌てて出で立ちを整えてぴしゃりと背筋を伸ばす。

俺がどうとかはいったん置いておいて、優秀な子供を呼び出していったい何をしようというのだろうか。

「……単刀直入に言おう。どうか、わが娘の友人になってはくれないか？」

「……友人？　娘さんの？」

いったい何を任されるんだと固唾《かたず》を呑んだが、予想の斜め上の頼みが彼の口から飛び出してきて俺はオウム返しをしてしまう。

しかし、こんな改まった言い方なのだ。な〜んだそんなことかぁとはならぬ、のっぴきならない事情があるのだろう。

まだ気を緩めず、俺は傾聴を続ける。

「あぁ。実は私の娘は少々……難儀なものを持ち合わせていてな。それが少しばかり、普通の者とは相いれないものなのだ」

「……なるほど？」

普通の者とは相いれない……難儀なモノ、か。

少し想像がつきにくい。

「一度、会ってみないとわからないですが……」

「うむ、それもそうだろうな――」

アデルベーターは少しばかり目を閉じるが……それで察する。

やはり今もこの屋敷にいるのだろう。

まぁ家の中であるわけだしな。

……いったいどんな子供がやってくるというのだろうか。

親が友人になってくれと頼むほどだろう？

相当性格が悪いとか、めちゃくちゃな癇癪《かんしゃく》持ちとか……おそらくだいぶ厄介《やっかい》なものを持ち合わせているのは間違いあるまい。

でもどういった人なのかは想像もつかないなぁ……。

……あれ、そういえばこの人、アンシャイネス伯爵って言ったたっけ？

本当にふと、思い至ったが……待て、その家名はもしかして……。

「あの、娘さんのお名前って――」

「エレオノール、入ってきてくれ」


俺が聞くまでもなく、その答えは返ってきた。

それと同時に、キィッと控えめに応接間の扉が開く。

そして、おずおずと遠慮がちに小さな人物が中へと入ってきた。

俺は、息を呑む。

宝石のよう……それでいて一切の光を宿さない漆黒の瞳と、絹糸のように美しく伸びる長髪を携えた、少女の姿がそこにはあった。

あまりの美しさに言葉を失うほどであるが、しかし今俺が間抜けにも口を開いたまま硬直しているのは、それだけが理由ではない。


「お初にお目にかかります、エレオノール・アンシャイネスと申します」


少女はスカートの裾をつまんで恭《うやうや》しく挨拶をする。

生で初めて見る貴族の挨拶に感想のひとつやふたつ浮かんでもいいと思うけれど、今の俺の意識はもっと別のところに着目していた。

『エレオノール・アンシャイネス』

記憶の中のそれとは違って遥かに幼いが、しかしたしかにその名に覚えはあった。

なんてったって、その名前はこの『セレスティア・キングダム』というゲームにおいて最も

よく聞くであろう名前……。

あらゆるルートでラスボスを務める、悪役令嬢の名前であるのだから。

第1章

エレオノール・アンシャイネスの劇中の悪行たるや、留《とど》まることを知らない。

イケメンな攻略対象とキャッキャウフフしている主人公に対し、これでもかと嫌がらせ……というか怨念の域に達した所業をやってのけるのだ。

一人でいる主人公に奇襲を仕掛けたり、攻略対象のキャラに呪いを掛けたり……仮にも一学生がなんでそんなことができるんだよ、と言いたくなるような悪事をはたらく。

しかも表向きは生粋《きっすい》の優等生であるため、その陰湿さと狡猾さに拍車をかけている。

『セレスティア・キングダム』のストーリーにおいての事件は基本的に彼女が発端となっており、なんとも物語の起点となるトラブルメーカーというか、諸悪の根源という立ち位置にいる。

結果、様々なルート分岐があるというのにそのほとんどで悪役として立ちはだかり、破滅的な末路を辿ってしまうキャラとなっていた。

主人公によって討伐されたり、攻略対象によって謀殺されたり、手段は様々であれ、結果は一様に悲惨なものとなっている。

そんな非情な運命にあり、しかしながら同情はできないキャラが、今、俺の隣にいる。

いったいどうしてこうなった。

俺とエレオノールは現在、伯爵家の庭園で散歩をしている。到底踏み入れるようなことはなかったような地で、到底隣に立つことはなかったような人物と歩いている。

なぜこんなことに……なぜ俺が彼女の友人になるはめに!?

そもそも意外と近くにネームドキャラクターがいた、ということにも驚きだというのに、その父親から「友人になってくれ」と頼まれるなんて驚愕以外の何ものでもない。

平民でなんの後ろ盾もない俺がその頼みを無下《むげ》にできるわけもなく、結果、俺はそれを受け入れたのだが……しかし、いきなり初対面の人間、しかも伯爵令嬢、しかも将来ラスボスになるかもしれないという相手に、俺はガッチガチになっていた。

あれほど美しいと思っていた庭園を見ても、なんの感想も湧き上がってこない。

「や、やはり、素晴らしい庭園ですね。どの花も美しく咲き誇って、どれだけ眺めていても飽きません」

「それはよかったです」

沈黙にいたたまれず、なんとか言葉を捻り出すが、エレオノールからはまるで感情がないかのような答えしか返ってこなかった。

というかさっきから、表情が動いていないのだ。

貼り付けたような微笑みから、一切も。

伯爵は「君と同い年だから」とも言っていたので、今の彼女は七歳くらいなのだろう。

俺は転生者だから例外としても、そんな年齢の子供なんて、感情が豊かで行動も奇想天外と相場が決まっているではないか。

しかし、彼女の感情の起伏は今のところゼロに等しい。

本編開始時の、無表情で人を陥れる彼女となんら変わりがない。

もうすでに、ラスボスとして完成されてしまっているのかと疑いたくなるほどだ。

彼女があれほどの悪逆に走った理由は定かではない。

唯一、「大切な人を失ったから」というような趣旨の台詞があったくらいで、彼女の過去についてはそれほど掘り下げられていなかった。

……おそらくは後味良く勧善懲悪《かんぜんちょうあく》できるようにという制作陣の狙いによるものだろうけど、しかし今回ばかりはそれが仇《あだ》となっている。

理由がわかっていればもっと何かできたかもしれないのに……まぁ、まさか制作スタッフたちも、自分たちの作った世界にプレイヤーが転生するだなんて思ってもいなかっただろうから仕方ないんだけども。


「どうかなさいましたか？」

「……いえ、なんでもございません」

どうやら無意識にジッと見つめてしまっていたようで、エレオノールは怪訝《けげん》そうな顔で俺の顔を覗き込んだ。

ガラス細工のような眼を向けられ、俺は思わず目を逸らす。

恐ろしく無表情ではあるが、容姿自体は美しいとしか表せない語彙力のなさを呪うほどに美しい。

すでに完成されているのではないかというその顔で面と向かって見られると、やはり少し照れてしまう。

これほどまでの美貌だというのに、前世ではほとんどと言っていいほどファンは付いていなかった。

『乙女ゲー』だが俺を含めて男性プレイヤーは多く、一定数ファンがいたって不思議ではないだろうに……推《お》し談義で話題に上ることは極めて稀《まれ》であった。

まぁ理由はわかっている。

それもこれも、すべて作中の悪行の数々のせいだ。

物好きでもなければ、自分の推したちを不当に不幸たらしめる存在など好きにはなれない。

それほどまでにエレオノール・アンシャイネスという人物は凶悪な存在なのだ。

……でも逆に言えば、それさえなかったら彼女はただのスーパー美少女になる。

黒髪黒目で超お清楚お嬢様が誕生である。

そして今の彼女は、まだ「ラスボス」としての才能を開花させてはいないだろう。

冷たい雰囲気や恐ろしいほどの鉄仮面といったラスボスの片鱗《へんりん》は見せているけれど、ゲーム本編のように悪逆非道の限りは尽くしていないはずだ。

まさかこんな幼児くらいの年齢で過《あやま》ちを犯せるわけもあるまいし。

となれば、まだ救いの余地はあるのではないか？

今のうちから彼女のそばにいるようにし、人の道を踏み外さないよう見張ってやれば、最凶に堕ちて救いのない運命を辿るエレオノールはいなくなるのではないだろうか。

これまで、どうして俺が『セレスティア・キングダム』の世界に転生してきたのかわからなかったけれど、今ならこのためだったのかもしれない、と思えてくる。

ストーリーを軌道修正し、誰も不幸にならないハッピーエンドを目指すのだ。

心の中で納得し、俺は小さく拳を作って決心する。

そんな幸せな結末を目指すには、まずは今のエレオノールと仲良くならなければ。

何者でもないはずの俺が今ここにいるのは、きっとそのためなのだから。

そう思いながら隣にいるエレオノールのほうへと視線をやると……そこにはお花畑があるのみ。彼女の姿はなかった。

どこに行ったんだと慌てて周囲を確認すると、後方にて、物憂げで……そして悲しげな表情をして立ち尽くす少女の姿があった。

「……どうされましたか？」

声をかけるが返事はない。

むしろ頭の角度を傾けてしまい、表情すらも見えなくなってしまった。

「どこか体調が優れないのでしたら、今すぐ屋敷に……」

駆け寄って具合を確認しようとした、その時、不意に彼女の顔が上がる。

ばっちり俺の視線とぶつかる彼女の目は、まるで一切の光を宿していなかった。

すべてに失望するかのような、すべてを憎悪するかのような、どこまでも漆黒の瞳。

そして、ポツリと。

「やっぱり、私と友人になるなんて嫌ですよね？」

「……え？」

思ってもみない発言が彼女の口から飛び出す。

というか、初めて彼女からまともな言葉が出たものだから、俺は間抜けな声を口から漏らしてしまった。

「ええ、わかってます。このような……奇妙で忌まわしい姿の者となんて関わりたくないでしょう？」

「忌まわしいだなんて、そんな……！」

「あぁ、誤魔化さなくても大丈夫ですよ。みなさん、そうでしたから。私が貴族の子供だから機嫌を損ねないよう、その場しのぎで言葉を並べるのです。でも後になれば二度と私と言葉を交わすことはありません。ただ忌み嫌った視線を向けてくるのみでした」

彼女は饒舌に語る。

この世界で黒髪黒目というのは珍しい。

俺は日本人の転生者だからかそこまで違和感を抱かないけれど、現地人の者にとっては忌避すべき容姿なのだろう。

スラスラと語れてしまうほどに、容姿についてつらい体験を重ねてきたのだと伝わってくる。

「……そんな目で見ないでください。もう慣れていますし……それが私に対する正しい反応だってわかっていますから」

エレオノールはゆっくりと歩みを進めて、俺から遠ざかっていく。

そして花園から一輪の赤い花を摘み取った。

……と、思えば。

彼女からドロリとした黒いオーラが溢れ出す。

まるで周辺の光が吸収されつくしたかのような闇がエレオノールを取り巻いた。

これは、魔力だ。

作中説明では誰もが持つ超自然的なエネルギーとされるもの。

魔法を扱ったり身体能力を強化したり、量や性質に個人差はあれど誰にでも備わっている力なのだが……。

しかし、エレオノールの魔力は他の者とはまったくもって異なるものであった。

彼女が摘み取った深紅の花が、みるみるうちに萎《しぼ》んでいく。

そして遂には、一切の鮮やかさを失った花弁がハラリと地面に落ちることとなった。

「……あはは。ほら、見てくださいよ。私が触れただけで、あんなにも美しかった花がこれほどまでに色あせてしまって……。もうわかっていたと思いますが、私は、呪われている子供なのです」

エレオノールは乾いた笑いをした。

カラカラに色あせた花をくしゃりと一握りにしながら。

何かを傷つけ、殺《あや》めるための漆黒の魔力。

それが、エレオノールのもつ魔力である。

あがき苦しむ者たちを見て、陰で愉悦に浸る……そんな悪逆非道なラスボスにピッタリな力。

ゲーム本編ではそれをもってして、人を呪い、傷つけ、そして時には死にまで至らせるのだった。

……今のエレオノールとは真反対である。

今の彼女は誰かをいたずらに傷つけようとする気概どころか、むしろ自分から人を遠ざけようしている。

でもそれはたぶん、善性からくるものでもないのだろうと、これまでの会話で見えてくる。

「お父さまも迷惑な方ですよね。こんな私と友人にさせようだなんて。そのせいでアルクス様に不快な思いをさせてしまっているのですから……大変申し訳ございません」

「なっ、不快だなんてそんなはずが……っ！」

「無理をしないでください。それゆえの先ほどのことではないですか。私と目も合わせたくないですよね、言葉も交わしたくないですよね？」

「それは、違います！　……先ほどのことはっ」

「慌てて取り繕わなくたって、私は傷つきません。もう慣れていますから」

彼女は封殺するように言葉を重ねた。

どうしてそんなにも、自分を卑下《ひげ》し、他を拒絶するんだ。

そう嘆きたくなってしまうけれど、しかし俺は彼女の諦念ともいえる闇の理由を知っていた。

きっと、恐れているのだ。

自分を矮小化し、ドンドンドンドン闇へと沈んでいく。

誰の声も届かない所へ……そうすれば傷つくことはなくなるから。

たぶん、今の彼女なら本編のように人を傷つける存在にはならないだろう。

いったい何がキッカケであれほどまでの非道に落ちたのかわからないけれど、このまま現状維持をしていれば人を苦しめることを悦とする者ではなくなる。

……でもそうしたところで、何になるのか。

ストーリー中の悪逆はなくなるだろうが、しかしその世界線のエレオノールを待つのは本編とは毛色の違うだけの破滅のみだ。

少なくとも、ハッピーエンドはそこにはない。

俺が目指すべきなのは……彼女を含めて、誰も不幸にならない結末なのである。

それにそんなことを度外視したとて、今まさに孤独へと沈みこもうとする少女をいったいなぜ放っておくことができるだろうか。

「……エレオノール様、」

「ええ、私なんて誰の前にもいるべきではないのです。独りでそのまま消えていくのがお似合いな――」

「エレオノール様ッ！！！」

腹の奥底から声を張り上げると、エレオノールはビクリと体を震わせて、言葉を打ち切った。

少々強引だが、彼女の闇への歩みを止めるにはこうすることしかできなかった。

「すみません、急に大きな声を出して……。でも僕にも少しくらい、話させてくださいよ」

エレオノールはパチクリと目をしばたかせる。

困惑といった感情だろう。

まったく呑気なものだ。こちとら、勝手に決めつけられた気持ちを代弁されて、言いたいことがいっぱいあるのだ。

「まず第一に、僕はエレオノール様の容姿を気味悪いだとか、忌むべきものだとか一切思っていません。思うはずがないではないですか。こんなにも……」

一瞬言葉を躊躇《ためら》われるが、しかしここで止まってはいられない。

本心の赴くままに、照れや恥じらいは捨てるのだッ。

「こ、こんなにも、美しいというのにッ!!」

「……なっ、ハっ？」

俺はもう一度腹から声を張り上げた。

エレオノールは一瞬呆けるが、咀嚼《そしやく》して意味を理解し始めると頬をわずかに染める。

だが俺はそんなところで止まらなかった。

「どこまでも艶やかで真っすぐなこの黒髪だって、まるで吸い込まれるように目が行ってしまうこの瞳だって……どれをとっても美しいではないですかッ。いったいどうして気味が悪いなどと言えましょう!!　目に入れても痛くないくらいですッ!!　……いえ、しかし目に入れるところか、視界に捉えることすら僕には難しいでしょうね。これほどまでに魅力的な方とまともに面と向かって会話をするなんて、なんと恐れ多いことか!!　今だって、緊張で心臓が張り裂けそうな想いですよッ!!」

恥なんて掻き捨て、俺は思いの丈をありのままに捲し立てる。

ここで引き下がってしまえば、彼女の心を開くことはできないと思ったのだ。

「そ、そそそんな。わ、私のことを……よく思ってくださっている、のは嬉しい、ですけど……。だ、だからって私の力は……誰かを傷つけてしまうもので……」

その甲斐あったのか、彼女はひどく狼狽を見せる。ぐるぐると漆黒の瞳が渦巻き、わたわたと挙動不審になる。

……が、未だ自責の念を捨てることができていないようであった。

その能力で、これまで差別を受けてきたのだろうからな。

傷は深いはずだ。

だが、一概に彼女の力が駄目なものだなんて、誰も言いきることはできないのだ。

「たしかにその可能性は捨てきれませんが……しかし誰だってそんなのは同じ、この力にもきっと大きな利点があるはずです。呪いではなく、神様からの祝福と考えましょうよ」

この世界の神……制作スタッフたちはこの漆黒の力を、人々を苦しめる用途で設定したことだろう。

だが、馬鹿と鋏は使いよう……ではないけど、人を傷つける意図で創られたモノだって、何か善いことへ生かせるはずだ。

本編から見ればイレギュラーなことを実現できるのかはわからないが、しかし俺という存在自体がそもそもイレギュラーなのである。

今更、どんな変化が起きたって不思議ではない。

「それに、もし本当に誰かを傷つけてしまっても」

オロオロと戸惑っているエレオノールへと近づいていき、そっと手を取る。

彼女の手は病的なまでに白く、細く、か弱い。

しかしその手の中には、先ほど彼女がボロボロに朽ち果てさせた赤い花が握られている。

手に余るほどの強大な力を持つ。

それゆえに彼女は孤独に苦悩しているのだ。

……ならば、その苦悩を少しでも誰かが肩代わりしてやれれば。

「【ブルーム】」

彼女の手のひらへ俺の手をそっとかざし、そう唱えた。

途端、とうに朽ち果てた花はみるみるうちに生命力を節々に湛え始め、色鮮やかな赤色を取り戻す。

どころか、キラキラとほのかな光を放つと、たった一輪で一本だったものが何十本もの花束へと変化を遂げるのだった。

「……僕が、なんとかしてみせますから」

何か間違いを犯してしまった時、それを分かち合って寄り添い合える。

今の彼女にはそんな存在がきっと必要なのだ。

誰も彼女にとってのその役目を担わないなら、俺がなろうではないか。

「もしなんとかできなくても、独りで抱え込まないで。それが、友人というものでしょう？」

枯れ花から蘇った真っ赤な花束を、彼女に手渡す。

エレオノールは口をパクパクとさせるが、だんだん顔を今しがた手渡した花と同様の色に染め始めた。

「……私なんかと一緒にいたら、不幸になります」

「そんなわけないじゃないですか。むしろ、幸せなことです」

「みんなから嫌われちゃいますよ」

「あなたを見た目で嫌う人になんか好かれたくないですね」

「きっとアルクス様のことも傷つけてしまいます」

「誰も傷つけない人間などいません」

「私と仲良くするよりももっと他の人と一緒にいるほうが……」

「いえ、僕はエレオノール様が良い」

「だからどうか、僕と友達になってくれませんか？」

彼女は花束で自分の表情を隠す。

しかし耳の先が真っ赤になっているものだから、感情を隠しきることはできていない。

きっと、本当はこんなに感情豊かな子なんだ。

彼女を絶望させることなんて誰ができようか。

「で、では、その。よろしく、お願い……いたします」

よろよろと差し出される、小さく真っ白な手。

これは、握手ということか。

「はい。こちらこそ、よろしくお願いします」

ギュッと俺も握り返す。

その手はなんとも柔らかく、冷たく、それでいて心地よい温かみがあった。

先ほど彼女を取り巻いていた闇など、とうに消えている。

かくして俺はラスボス令嬢の『友人』となったのだった。

＊＊＊

『この、悪魔めっ!!』

落雷のような蛮声が張り上げられる。

それが己に対するものであると、少女は幼いながらに理解していた。

『眼に光がないわ……きっと呪われた子供なのよっ！』

『近づくなっ、呪いが感染《うつ》する』

『まるで薄汚いカラスのようだな』

『なんだその魔力は……殺されるっ……!!』

少女の周囲に、目玉が浮かび上がる。

容赦のない、対象を刺し殺さんとするようなほど鋭い視線が彼女に降りかかった。

同時に、礫《つぶて》の雨のような罵詈雑言《ばりぞうごん》と誹謗の数々が辺りに飛び交う。

少女は耳を塞ぎ、瞑目し、穴倉に隠れる野良犬のように体を震わせるが、鼓膜の奥で……瞳の奥で、鬼のような眼力を持った影が少女を誹《そし》り続けた。

涙で瞳が熱くなり、歪んだ視界が開かれる。

しかしそこで、少女は捉えた。

「お母様、お父様！」

すぐさま少女は立ち上がり、纏わりつく悪意を振り払って二つ並ぶ影のほうへと走り出した。

彼女の両親、唯一の拠り所が、そこにはあった。

「お母様……、お父様……」

朧《おぼろ》げな黒い影に縋りつき、少女はボロボロと涙をこぼした。

束の間に彼女の心の中に安心感が芽生える。

ただそれは、束の間、でしかない。

『……』

『……』

両親は何も言わない。

涙に暮れる我が子を前にして、沈黙を貫く。

違和感に気がついた少女が彼女らの表情を見上げると、そこにはどこまでも冷たく、排斥的な眼が光っていた。

『……なぜ、あなたのせいで私が傷つかなければならないの？』

『どうしてわが家の汚点の尻ぬぐいをしなければならぬのだ』

凍てつくような声が鈍重に響く。

ギラギラと暴力的に輝いているその瞳は、先ほどの敵意の群衆となんら変わりはなかった。

そして、一人の少女の心を砕くには、それ以上必要なかった。

「あ……、ぁ……」

青白い肌をさらに蒼白にさせて、少女はよろよろと数歩後ずさる。

そんな彼女を取り囲むように、またしても邪悪な目玉が周囲に浮かび上がる。

(ごめんなさい、ごめんなさい……)

こんな見た目でごめんなさい。
こんな力を持っていてごめんなさい。
こんな不気味でごめんなさい。
……生まれてきて、ごめんなさい。
もはや祈祷するかのごとく、彼女は謝罪を念じ続ける。
しかしそれでも、幼い少女を排斥する波は止まらない。
濁流とも言うべき悪意が押し寄せる中、少女を守る防波堤なんてものは存在しない。
『いなくなれ』
『いなくなれ』
『いなくなれ』
村人が、町人が。貴族が、司祭が。使用人が、両親が。
無数に浮かぶ人の影が異口同音《いくどうおん》にそう唱えた。
(あぁ、私は……)
力なく足を折り、へたり込む。
みるみる蝕んでいくように少女の瞳が黒く濁っていく。
視界が狭窄になっていき、音がどんどん遠のいていく。
(……もう何も、見たくない。聞かなくていい)
だってそうすれば、楽になれるから。

「……オ……ノ……さ」

どこかで声が響いているが、それは遮断した中傷と共に小さくなる。

少女の周囲を蠢《うごめ》くような闇が囲っていき、やがてそれは少女を覆い尽くさんとする。

「エレ……ール……ま」

絶えず山彦《やまびこ》のように声が響く。

いったい誰なのかわからないけれど、もう放っておいてほしい。もう自分から、あなたたちに関わることはしないから、一人で、消えていくから。

（だからもう……私のことなんて……）

ぎゅっと彼女は膝を抱え、闇へと沈みこんでいく。

そして、すべてが虚空へ還ろうとしたその時——


「エレオノール様っ！！！」


まるで水底から引き上げられるように、彼女の意識は覚醒する。

視界に飛び込んでくるのは壮絶な表情を見せる少年。

その白銀の瞳には、絶望で彩られた少女自身の瞳が映っているのだった。

「大丈夫ですか？　酷く……うなされていましたが」

心配そうな声色にしながら、少年は少女の顔を覗き込む。

「あ、あれ……なんで、私」

彼女……エレオノールはまだ状況を呑み込めず、キョロキョロと辺りを見回した。

貴族らしく煌びやかではあるが、それでいて必要最低限の物しか置かれていないある種、質素な部屋。

紛れもなく、彼女の自室であった。

窓の向こうでは、欠けの割合が少し多い程度の中途半端な月が浮かんでいる。

すっかり真夜中だ。

そして、目の前の少年にもう一度視線を向ける。

すべてを見通すかのような銀色の瞳、少しだけクセのついた赤茶色の髪と眼球に焼け付くような眩しい顔立ちをもつ少年。

エレオノールの唯一にして初めての友人……アルクス＝フォートの姿がそこにはあった。

どうして、ここに。

いつもなら、この時間くらいには屋敷を出てしまっているのに。

パクパクと口を開閉するだけで言葉を発することのないエレオノールを見て、アルクスはふっと笑みをこぼす。

「エレオノール様は、話し疲れて眠ってしまったのです。それできっと……悪い夢でも見たのかもしれませんね」

眉を垂らして微笑みながら、彼はエレオノールのどこまでも真っ黒に伸びる髪に触れた。

ややけば立った髪が、彼の手によって梳《す》かれていく。

「うう……」

それで我に返ったのだろうか、彼女はブワリと目じりに涙を溜めた。

「う、あああ……」

まるでダムが決壊したように溢れた涙で、エレオノールの顔はぐっしょりと濡れた。押しつぶされるような嗚咽《おえつ》混じりに、少女らしい泣き声をあげた。

「……」

アルクスは、最初こそギョッとするような表情を見せたもの、彼女の心情を理解すると何も言わず抱擁してみせた。彼女の涙の震えを共有するくらい、優しく、そっとした抱擁だった。

夢の中で、両親から与えられなかった温かみが、エレオノールを包み込む。

アルクスの少年らしいリズミカルな脈動は、彼女に言いえぬ安心感と更なる涙をもたらした。

どれほどの時間、そうしていたかはわからない。

ただ少なくない時間そうした後、エレオノールはギュッと彼の服を掴んだ手を解いた。

「……ごめんなさい」

そして、控えめにポツリとそう呟いた。暗い部屋の中で消えいってしまいそうな声量だった。

「謝らなくて大丈夫です。泣きたい時に泣けばいい。幸い、僕の胸はいつでもフリーですからね」

アルクスは冗談めかした様子でそう言った。

意図してかせずかはわからないけれど、涙の理由を深く追求せずにいてくれることにエレオノールは感謝した。

「アルクス様は……お優しいのですね」

「えへへ、そうですかぁ？　……でも、あなたの友人として、当然のことをしたまでですよ」

アルクスはまっすぐエレオノールの瞳を見つめた。一切の曇りなき慈愛的な視線。先ほどの悪夢とは対をなすかのようなものであった。

あぁ、彼のことだからきっとすべてわかったうえでこのようなジョークを言っているのだろう、と思い直して、彼女はたまらず表情に微笑みを浮かべる。

それを見て少年の瞳にも喜色が宿る。

「友人、ですか」

彼女はアルクスの言葉に出たワードを反芻《はんすう》した。

「……私には、友人なんて呼べる人、一人もいませんでした。そもそも味方と思える人もいませんでしたので……。だから、その、私はアルクス様のように友人に優しくなれるか、わからなくて……」

孤独な者は群れ方を知らない。

彼から与えられる際限のない恩義に、自分は報いることができるのだろうか。

……と、エレオノールは表情を曇らせるが、アルクスはにっこりと笑って言うのだった。

「そんなの、まったく問題ないですよ。友人の形なんてそれぞれなのですからね。僕は僕がしたいから親切にするのです。それに、また一人と友人が増えてくれば、勝手もわかってくるでしょう。こみゅにけーしょんは反復試行が大事なのですよ」

人差し指を立ててそう語るアルクス。そんな彼の言葉は、無意識に闇へと沈んで行ってしまう彼女の手を優しく握り、安息の地へといざなってくれるのではないかと思われた。

（あぁ、どうしてこんなにも）

エレオノールはアルクスという存在を理解しえなかった。こんな厄介の塊のような自分になぜ親切にしたいなどと思うのだろうか。

……いやそもそも、今まで孤独に生きてきた自分が、きっと多くの人間に囲まれてきたであろう彼を理解しようとすること自体間違っているのかもしれない。

おそらく彼は、何者にでもその眩しい笑顔を見せて、寄り添ってくれるのだろう。

そう考えると自分に対する慈愛的な眼差しにも納得がいった。

そして同時に、自分以外にその笑みを見せる様子を思い浮かべて、なんだかモヤついた感情が胸の内に立ち込めるのだった。

「あ～、でも、エレオノール様に他の友人ができちゃうのは、ちょっと妬《や》けますね」

そんな折に、アルクスはなんの気なしというふうに言った。

どういうことかすぐには呑み込めず、頭に『？』をエレオノールが浮かべたところで、彼は言葉を続けた。

「だって、ほら。こんなにも美しい人を独り占めできなくなってしまうのですから」

「……、なっ！？！？」

エレオノールは素《す》っ頓狂《とんきょう》な声を上げた。

腫れた目が剥かれる。

真っ赤に熟れた顔はきっと涙の名残《なごり》だけではない。

「ま、また、また、調子の良いことを!!　そもそもっ、私なんて全然……」

「またまた謙遜しないで。行き過ぎた謙遜は本気でそう思っている方に失礼ですよ？　少なくとも、僕に対して」

畳みかけてくるアルクスに、エレオノールはワタワタと挙動不審になった。

ファーストコンタクトでもそうだったけれど、彼のこうした手放しのほめ言葉に、エレオノールは翻弄されてばかりだった。

「で……では、安心してください」

だから反撃……というわけでもないけれど、少しだけそういった意図を含めてエレオノールは口を開く。

「私も、アルクス様以外とお近づきになる未来が見えませんので」

キョトンとアルクスは目を見開いた。

意味を咀嚼し、理解し始めた時、彼は苦笑を浮かべるのだった。

「……それはそれで困っちゃいますが」

頬を掻きながら、彼はエレオノールの正面から、隣に移動する。

そして、ぼんやりと虚空を見つめて、

「でもまぁ。そういうのも追い追い考えていきましょう、追い追い。だって……人生というのは、ずっとずっと長いのですから」

そう言う彼の目はどこか遠いものであった。

しかしエレオノールはさほど気にも留めない。

今はただ、隣に心強い味方がいるという事実を噛みしめているのだった。

第2章

——あれから、数週間が経った。


「見てください、アルクス様。魔法でお花ができました」

「アルクス様、お茶菓子はいかがですか？」

「ふふ、星が綺麗ですね。アルクス様」

アルクス様、アルクス様、アルクス様。

エレオノールはずいぶんと俺に懐いてくれている。

表情の変化は未だ乏しくはあれど、初対面の時と比べれば遥かに感情豊かな様子を見せている。

かなり劇的な変化と言ってもいいだろう。

以前まで感じていた心の壁のようなものも氷解しており、現在はその壁があった時期を取り返すかのごとく、べったりとくっついてきていた。

俺としては嬉しいこと、この上ない。

現金な感じだけど、可愛い子の近くにいられるだけで満足みたいなもんである。

なんせ転生してからこれまで、剣を振るか魔法書をぶつぶつと読むかしかしてこなかったからな。

前世が何歳だったのかは覚えていないけど、少なくともガキンチョな年齢ではないことは確か、同年代の子供と遊ぶ気にはなれない。

その点、エレオノールは同年代とはいえかなり大人びており、何より顔が美しすぎるのだ。眼福《がんぷく》も眼福である。

「……聞いていますか？　アルクス様」

そんな少々下品なことを考えていると、じとーっとこちらを見る彼女に気がついた。

表情は変わりづらいが、それでもわかる。これは怒ってる眼だ。

「あ、え、えぇ。もちろんですよ。えっと～」

「アルクス様の服の好みを聞いてるんです。やっぱり聞いてないじゃないですか！」

「うっ、申し訳ございません。少し考え事をしておりまして」

「考え事……私の問いよりも大切なことですか？」

ずいっとこちらに詰め寄ってくる彼女。

黒々と輝く宝石のような瞳が間近に迫り、なんだか吸い込まれるような気分になる。

……いけないいけないいけない。

ぼーっとしてたら、また怒られる。

「いえ、エレオノール様より大切なものなどございませんよ」

彼女の手を握り、精一杯の微笑を浮かべてみせる。

と、彼女はボッ!!　という効果音でも聞こえてくるかのように、顔を紅潮させた。

ふっ、このアルクス＝フォート。実はイケメンである。

まぁ乙女ゲーの世界だからか全体的に顔面偏差値が高いのだが、中でも俺は結構上位に入るんじゃないかというクラスである。

若干ナルシストみたいだけど、せっかく美形に生まれたからには利用しない手はない。

七歳の少女とて、イケメンには弱いのだ。

「そ、そんなっ……。いいから、質問に答えてくださいっ！」

彼女はパッと手を離して、数歩後ずさる。

ちょっと刺激が強かったらしい。反応が面白かったもんだから、ついやり過ぎてしまった。

俺ってば罪な男だね。

さて、服の好みか。

おそらく自分に何を着てほしいかという意味合いもあるのだろうが、しかし本当に、彼女の着ているものならすべて良く見えるからな。

でもそんなことを言うとまた照れながら怒られてしまうだろうし……。

ここはとりあえず、無難なところを――。

「失礼。アルクス、少し良いだろうか」

答えようとした矢先、低く芯のある声が聞こえてくると同時に扉が開いた。

「アデルベーター様!?」

そこにいたのは……まさかまさかのお父様!?

突然の権威の登場に、俺は思わず立ち上がる。

この数週間、何度もこの屋敷に通っていたのだが、父親とはめったに遭遇しなかった。おそらく諸々のお仕事で忙しいのだろう、使用人に顔見知りができている一方、彼と言葉を交わした回数は最初以来、指折り程度である。

「……お父様」

「すまないエレオノール、少し彼を借りるよ」

エレオノールは実に不満だというオーラを醸し出している。

多少の謝意を見せて収まるはずもなく、実の父親を呪い殺さんという形相で見ていた。

「別に、いいですよ。先ほどから、アルクス様は私に興味がないようですから」

ツンと顔を逸らして、彼女は言う。

あー……、拗《す》ねちゃった。

まったくお父さんも間《ま》が悪い。

いったい何の用があって俺を呼ぶんだ……といっても、まぁ見当はついているのだが。

とりあえず、彼女を落ち着かせてやらないと。

「エレオノール様」

そそくさと彼女の耳元へと顔を寄せる。

そしてそっと、小声で。

「エレオノール様のお召し物ならば、なんでも美しくございますよ」

まさに不意打ちの耳打ち。

彼女は硬直してしまうが、それを解除される前に、俺は伯爵に連れられて部屋を出た。

そしてそのあとに、声にもならぬような声を背中に浴びたのは言うまでもない。

「……ずいぶんと、仲を深めているようだな」

「えぇ、もちろんですとも」

内心複雑な気持ちを隠しきれていない彼の言葉に対し、俺は堂々とそう答えた。

威圧感溢れるダンディでも、やはり娘が他の男に絆《ほだ》されているというのは心中穏やかではないのだろう。貴族とはいえ腐ってもパパなんだな。

ま、でも安心してくださいお父様。娘さんは僕が立派に育て上げますのでね！

バッドエンド直行しないよう、ちゃんと見守ってますんでね……。


さてそんなアデルベーターに連れられてやってきたのは、かつてエレオノールと初対面した応接室、の隣にある伯爵の執務室だった。

紙やインクの匂いが充満しており、大量の紙の書類や束があちこちに積まれている。

いったいなんの資料が山積みになっているのかわからないけれども、まぁ、貴族様も大変なことだなぁ。

「以前、君が言っていたことが通りそうだよ」

黒光りのソファに腰かけたところで、アデルベーターはさっそく話を切り出した。

どうやら、俺が以前頼んでいた要望が通ったらしい。

「お、本当ですか？」

「あぁ、来週から君も、アンシャイネス家の人間だ」

そう言って机に置かれたのは、湯気の立ったコーヒーカップと、一目で良質なものとわかる、漆黒のタキシード。

ズボンや灰色のベストなんかが綺麗に畳まれた状態で、その下に置かれている。

「おぉ！　なんだかセバスチャンって感じがしますね！　無理なお願いでしたのに、ありがとうございます!!」

「セバス……？　……うむ、まぁそれほど難しいことでもなかったからな。院長に頼んで、どの枠に入れるかを決めるだけだ」

なんでもないようにアデルベーターはそう言うけれど、さりとてホイホイと話が進んだわけでもあるまい。

なんせ、俺が彼にお願いしたのは、俺をこの屋敷の使用人にしてくれというものだし。

エレオノールの友人となって数日後に、俺はそれを依頼した。

理由はまぁ色々あるが、端的に言えば彼女と会ううえでも、また俺にとっても、そちらのほうが何かと都合が良かったのだ。

「でも、本当に良かったのか？　そのような決断で」

コーヒーを一口飲み、資料なんかを探りながら彼はそう問う。

「もちろんですよ、というか僕がお聞きしたいくらいです。僕はわざわざ通う手間が省けますし、エレオノール様とすぐに会えるようになります。しかし伯爵様のほうは、こんな子供を雇うはめになりますし、いろいろと準備がいりますし――」

本当、受け入れてくれたのは嬉しい誤算のようなものだった。

この数週間、俺は街の宿屋に下宿しており、そこからこの屋敷に通っていた。

故郷の村から長い時間と馬鹿にならない費用をかけて通うわけにもいかなかったので、苦肉の策だ。

「住居程度ならば与えてやることもできたというのに」

「いえ、それは僕の気が進みませんよ。平民の僕が特例というのも変ですし」

「……私は、階級など拘《こだわ》らない」

おっと。

アデルベーターは少し険しい顔をする。

彼は貴族には珍しく、それほど貴族平民などにはこだわらない節がある。

俺がここで働くことを願い出た時に「平民が屋敷に出入りするのは変ですよね、やはり使用人になったほうがいろいろと……」という発言をした時も、今のような態度をしていたっけ。

まぁそのおかげで俺は使用人として働くことの許可が下りたわけだし、大前提としてエレオノールと友人関係を築けているのだろうが。

「……そうでしたね。しかしまぁ、アデルベーター様の権力を利用するみたいな真似はしたくありませんので」

キッパリとそう言うと、彼は少し不思議そうな顔をした後、ふっと微笑みを見せた。

「そうか。七歳という若さでそんなことを言えるとは、見上げたものだ」

「そういうのを評価して、僕をエレオノール様と友人にしたのでしょう？」

「そこまでわかっていたのか、まぁ隠すつもりもなかったが」

孤児院の院長と彼の会話を聞いていれば、なんとなく推測できた。

どうやらアデルベーターはもとより、エレオノールの友人となる者を探していたらしい。

しかし、彼女の生まれ持ったあの力と姿に恐れを抱いたため、同じ貴族や街の人間からでは見つからなかったのだとか。

そこで旧知の仲であり、貸しのあった院長に、見込みのありそうな子供を紹介してほしいと依頼。

結果として、頭脳も身体能力も普通の子供らしからぬ俺が、選出されたというわけだ。

「どうかこれからもよろしく頼む。わが家の一員としても、エレオノールの友人としても」

「もちろんですとも。掃除洗濯炊事まで、ぜひともお任せくださいっ」

「……炊事は、君の担当ではないが」

少し呆れたように眉を垂らして、彼は苦笑する。

そのあとは、使用人契約やらなんやら、手続き……まぁ院長がサインした書類に本人確認をするだけだが、そういった諸々を済ませ。

かくして俺はアンシャイネスの人間となった。

ぶっちゃけ、かなりの出世ではなかろうか。

なんのつながりもコネもない平民の孤児から、伯爵貴族の使用人。

いろいろ制約なんかはあるにせよ、少し前では考えられないステップアップである。

まぁその分、期待されたこと以上のことはしていかないといけないけどな。

「ところでですが」

諸々の話が終わったところで、別の話を切り出す。

「今、この制服を着て、エレオノール様に会ってもいいですか？」

伯爵は、キョトンというような顔をした。

＊＊＊

扉をわずかに開いて、エレオノールおじょーさまの部屋を覗いてみる。

やはりというかなんというか、彼女はぶすっというような不満げな顔をしていた。

侍女さんが懸命に機嫌を取ろうと頑張っているが、俯いたまま一向に態度を変える様子はない。

うーん、少し待たせすぎたか。

「エレオノール様」

扉をゆっくりと開け放ち、彼女の名前を呼ぶ。

と、バッと勢いよくこちらを振り返り、自分への不幸や理不尽を訴えるかのような形相をした。

「アルクス様、遅いですっ!!　そんなにお父様とのお話が楽しかったのですか!?　私がどのような思いで――」

矢継ぎ早に言葉をまくし立てるが、俺の姿を認識すると同時にぽかんと口を開けたまま静止する。

「遅れて申し訳ございません、お嬢様。このアルクス＝フォート、ただいま参上いたしました」

精一杯のキラキラスマイルをつくり、いつか前世で見た創作のジェントルマンの作法を真似して挨拶をしてみせる。

うん。

使用人になった理由の三割くらいは、これが目的だった。

俺の見た目はかなりイケメンではあるのだが、服がだいぶダサかったのだ。

いやまぁ、特に奇抜だったとかじゃなくて、伝統の民族衣装ではあったのだが、いかんせん貴族のエレオノールと並ぶと芋っぽさが目立つのである。

俺の顔も、素朴イケメンというよりも貴公子イケメンって感じだったし。

その点、この使用人のタキシードなら、顔とベストマッチなイケメンジェントルマンである。

「な、なんで……？」

口をパクパクしながら、やっと言葉にできたのは当然ながらの疑問であった。

「えっと、ですね――」

結果と経緯を事細かに説明してやる。

衝撃が強すぎたのかずっと呆けた顔をしていたので、おそらく半分くらいしか頭に入っていないだろう。

「では、アルクス様は……私の使用人になった、ということですか？」

「まぁ、そうですね。雇用主はアデルベーター様ですが、エレオノール様の身の回りのことを任されているのでそういう言い方も――」

そう言いかけたところで、突如、俺の体は何かによってぐいっと引っ張られる。

今までそれなりの訓練をしてきたので並大抵の力で倒れるような体幹ではないはずなのだが、油断しきっていたことと予想外に力が強いということもあって、体勢を崩してしまう。

そして俺を迎え入れたのは、右腕に感じる柔らかさと圧迫感、鼻をくすぐるような甘い香りであった。

「では、では。アルクス様は、アルクス様は私のものということですか……？」

「え？　いや、それは……」

いや今の、エレオノールに引っ張られたのか……!?

油断してたとはいえ、こんな崩されるほどの力を……、というか右腕を抱く力が強《つえ》ぇぇ!!

「ふふっ、では、これからもよろしくお願いしますね……？」

それに、笑う顔がなんというか……、なんというか怖いんですけどっ!?

瞳に光が宿ってないっ！

魔力を出してるんじゃないかってくらい笑顔が闇深いっ……！

「アルクス……」

背後から、呆れの感情が混ざった声。

振り返ると、そこにはまるで苦々しいものを目《ま》の当たりにしたかのような表情をする、壮年のジェントルマンが立ち尽くしていた。

「あ、アデルベーター様！　ちょっと、エレオノール様を……」

「仲を深めているようで、何よりだよ」

いや、お父様!!

あなたも目が怖い!!

そんなところで親子の血を感じさせないでくれ!!

……この後、エレオノールの腕組みは一時間ほど続き、アデルベーターの俺の扱いが若干冷たくなった。

いや、解《げ》せぬ。

第3章

俺がエレオノールの使用人となり、早三年が過ぎ去った。

前世も大概、時間の移ろいが速く感じられたけれど、今世では……具体的には使用人になってからはそれ以上に速度が増しているように感じられる。

まぁそれもこれも毎日が怒涛すぎて時間間隔を確かめる暇がないせいだろう。

特に、最近の忙しさたるや――

三年という月日が経ったということで俺は――孤児だったので明確な誕生日が不明だが――十歳、エレオノールも十歳……目前のところまで来ていた。

この世界の人々というのは、十歳や二十歳など、キリのいいというか、十の倍数年齢の年は取り立てて豪勢に誕生日を祝う慣習がある。

ゲーム本編でも年上系キャラルートでは、誕生日を祝うパーティーがイベントとしてあったっけか。

たしかそのイベントでもいろんな人を招いたり飾ったりして、豪華なパーティーが開かれていた覚えがある。

さて、そういうわけだからエレオノールの場合も例外ではなく、周辺貴族や関わりのある侯爵といった上位貴族を招き、盛大に祝福をする予定なのであった。

となると、いったいどうなるのかというと。


「はあああぁぁぁ」

盛大な溜め息を吐き出す。

そう。俺は無事、ほとほと疲れ果てることになったのだった。

いや、ちょっと舐めてたな。具体的には、貴族のパーティーの規模とこの世界の不便さもとい前世の便利さ。

伯爵令嬢という高い地位のせいもあるだろうが、やはり多くの人が集まるのだ。

もちろんその分、予算の管理業務や警備、余興なんかを担う人手が大量に求められるわけで、それらを確保するためにあちこち駆け回るはめになった。

なにせ、この世界は電話とか遠隔でやり取りできる手段がない。

唯一手紙はあるけれど、それでも限度がある。ゆえにこの身体をもって出向くことがなかなか多くあった。

そんなことすれば、まぁ疲れないわけがない。

今世はそれなりに体力に自信があったけど、やはり疲労の限界を迎えようとしていた。

「あ、お疲れ様ですアルクスくん」

机に項垂《うなだ》れていると、後ろから声をかけられる。

視線を限界までそちらに向けるが、真後ろで見えるはずもなく、声の主がこちらに寄ってくることでようやく姿を確認できた。

「あぁ……ナナイさん、どうもお疲れ様です」

なんとか姿勢を正しながら、メイド姿の彼女に返事をする。

ナナイさんは、エレオノールのお世話係の前任である。

この屋敷では俺の次に若い、二十代の使用人だ。十歳から二十代……だいぶ飛んでいるが、まぁ俺が若すぎるせいである。前世込みで考えたら結構近い年齢帯ではあろう。

まぁ、そういうわけで何かと話が合うことも多く、現在も彼女はエレオノールの教育係的な立ち位置にあることもあって、こうして言葉を交わす機会がままあるのだった。

「ずいぶんとお疲れな様子ですが」

「ええ……、ずいぶんとお疲れですよ。さすがに前日は忙しいですね」

「そうですね……。でも、アルクスくんの奔走の甲斐あって、明日の準備は万全、と皆から聞いております」

「そうですか、助かります」

いやまぁ、そうでなくちゃ困るんだけどな。

どういうわけで、十歳の子供にいろいろと主導するような立場を寄越すんだよまったく。

普通、ただの使用人ならこんなに疲れない。

これだけの疲労の原因は、準リーダー的な立ち位置にあったからだ。

「本当に、アルクスくんはご立派な方ですよね。さまざまなアイデアで我々を導いて……これほどまでに順調に進んだのは、あなた様のお陰です」

アイデア。

まぁそれ、全部前世の知識なんだけどね。

個人の記憶はないというのに、前世における一般的な常識や現代知識なんかについてはすっかりそのまま残っているのであった。

何か助けになれば良いなとその知識を遺憾なく伝えたのだが、どうやら今世ではなかなか妙案が多かったらしく、その成果を認められてというか、そのせいというか、こんな面倒な立場を任されることになったのだった。

「でも、まぁ。……すべては、エレオノール様のためですよ」

成り行きではあったけど、最終的にはそれがすべてだ。

使用人……以前に、一人の友人として、彼女の誕生日を盛大に祝いたかった。

これが十年おきにやってくるとなると考えものではあるが、まぁ俺が彼女と知り合って初めての豪華なパーティーということもあるしな。

少しくらい疲れたってなんてことはない。

その疲労が「少しくらい」ではないことは置いておくとして。

「【クリエイト・ストーン】」

俺はおもむろに呪文を唱える。

と、虚空から岩石が生成されたため、それを粘土のようにグニャグニャと操作して、剣のような細長い形に整形していく。

「では、少しばかり鍛錬をしてきますね」

「えっ、今からですか!?」

ナナイさんは目を丸くしながら声のトーンを一段階上げた。

あれ、彼女は知らなかったのか。俺が毎日鍛錬してること。最近は夜にやってたし、彼女と顔を合わせる機会もパーティー準備中はあんまりなかったからかな。

「技術や肉体というのは、サボったその日から劣化していくんですよ。明日はおそらくあまり時間は取れないでしょうし、今日貯金を作っておかないと」

まぁ、なんの根拠もない精神論、素人の俺がなんとなくで考えた理論だけど。

でもこれを信条に掲げることで、なんとか今、それなりの能力を獲得はできているのだ。

せっかく手に入ったその能力を劣化させるわけにはいかないので、こうして、忙しい日も鍛錬に勤しんでいるのである。

「で、でも、お疲れなのでは?」

「そうですが……まぁそんなもの【レザレクション】」

キラキラとした小さな光が俺を包む。

すると即座に、重かった体がスッと軽くなった。

「これで問題ありません」

初心者が使うような回復魔法、だが何かと便利なんだ。そこまで魔力を使わないので前世でいうエナドリみたいなノリでキメられるし、こっちのほうは健康の心配もない。

まぁ、精神的な回復はできないから、やりすぎると心がすり減るけど。

「それでは、また明日。頑張りましょうね」

「……は、はぁ」

ポカンというような表情をするナナイさんを背に、俺は庭の広場へと向かった。

＊＊＊

——カーッンッ!!

夜の庭園に、小気味の良い快音が響く。

「ふぅ。まぁ今日はこんなもんでいいかな」

今日十体目の訓練用人形をぶっ壊したところで、ふっと息を吐き、額の汗を拭う。

来た時はまだ、衛兵の人なんかが残っていたのだが、今はもう俺以外誰もいない。

終課の鐘が鳴ってから少し後にここにやってきて、たぶん二時間くらいはいただろうから、今はもう十一時過ぎくらいかな。

いつもならあと一時間弱くらいいるところだが……さすがに明日はエレオノールの誕生日が控えているので、ここで終わりにしておく。

「でも、だいぶ動きは良くなってきたかな」

物心ついてからずっと剣を振ってきたけど、それなりに身についているのではないかと思う。

時々衛兵の人と打ち合うこともあるのだが、まあまあな具合でついていくことができている。

これで食ってる人に食らいついていけるレベルなら、なかなか上出来なのではないだろうか。

まぁ子供相手だからと多少の手加減はあるだろうし、真剣を使った殺し合いの場なんかではどうなるかわからない。でも、今のうちからそれを想定してもな。

魔法で作った剣を、これまた魔法で分解し、ちょっとだけ後片付けをする。

そしてさて屋敷に戻ろうか、というところで。

「アルクス」

凛とした声で、不意に俺の名が呼ばれた。

「っ、エレオノール様!?」

視界に入ってきたのは、わが友人にしてお嬢さまの彼女であった。

突然の登場に、俺は思わずギョッと後退《あとずさ》る。

暗がりからヌッと現れたものだから驚きは隠せなかった。

「い、いつからここに……」

「ずっと、と言いたいところですが、今より少し前ですね。訓練お疲れ様です」

ニコリとエレオノールは微笑みを浮かべる。

いや、全然気づかなかったな……暗闇の中というのもあるのだろうが、気配がまったくつかめなかった。

俺もまだまだ詰めが甘いのかもしれない。

「どうしてまたそんな……、というか湯冷めしてしまいますよ？」

「そうしたら、アルクスが温めてくださるでしょう？」

……いや、まぁ。たしかに体温を高める魔法だったり、ちょっとした火を起こす魔法だったり程度は使えるけども。

というか、それくらいならエレオノールも使えるはずだが。

「それにアルクス、最近あまり会ってくださらないじゃないですか」

若干不機嫌に顔をしかめるエレオノール。

使用人になって以来、彼女からは呼び捨てで呼ばれるようになっている。

まぁ、主人である彼女のほうから様付けされるのもアレだしね。

……しかし、そんなに会えていないかなぁ。

まぁたしかに、忙しくてずっと一緒にいるというわけではないが、少なくとも一日一回は顔を合わせているし言葉も交わしている。

「そうですかね」

「そうですよ。あなたは私のモ……使用人なのですから、ずっと共にいるべきでは？」

「僕もそうしたいところではあるのですが……」

あの仕事の量である。

時間に余裕なんてものがなかったので、エレオノールに割《さ》く暇がなかったのだ。

だが、それは大人の都合であり……幼い彼女にとっては理解できないことでもあるのかもしれない。

「……すべては明日。エレオノール様を盛大に祝福するためですので」

彼女に歩み寄り、手を取ろうとするが、自分の手が汗なんかで汚れているのに気づく。

とっさに手を止めて、ポケットからいつもの白い手袋を取り出してはめる。

エレオノールは俺の接近に一瞬目を見開くが、すぐにいつもの調子に戻って、俺から目を逸らす。

……前は顔が真っ赤になってたんだけどなぁ。

この三年間で耐性がついてしまったのかもしれない。

いくらイケメンなこの顔面でも、慣れには勝てなかったか。ちょっと寂しい。

「そう、ですね。明日は……大切な日ですから」

「はい。呆れるほど祝ってさしあげるので、覚悟してくださいね？」

「ふふっ……そういうことならば、とってもとっても楽しみにしておきますね？」

胸を張って俺がそう言うと、彼女は嬉しそうに微笑む。

うむ、この笑顔をもらったからには明日もしっかりせねばな。

「それでは外は冷えますし、屋敷に戻りましょうか」

「……そうですね」

目の前で佇む彼女の横を通り過ぎて、建物のほうへと急ぐ。

今日は風が強い、油断していると風邪をひいてしまうからな。

「あ、あのっ」

エレオノールが遠慮がちな声で俺を引き留めた。

しかし、やけに遠く感じられる。

振り返ってみると彼女はその場から動いていなかった。

「……どうされました？」

そう俺が問うてみるが、彼女は黙りこくるのみ。

若干地面のほうに視線を向けながら、なんというか……もじもじというふうに俺を見ているのだった。

「その、も、もし……よろしければ明日……」

口をパクパクさせるが、そのあとの言葉が紡がれない。

唇の動きを見ようにもこの暗さじゃ適《かな》わない。

何か言いたげなようなので少しばかり待っていると。

「い、いえ。なんでもございませんっ。明日、よろしくおねがいしますね？」

なんでもなかったような笑顔をつくって、そそくさとこちらに小走りで駆け寄る。

そしてそのまま、俺の横を通り抜けていってしまった。

「？　はい」

あまり意図は読めなかったが、まぁ彼女が言うのをやめたならそれでいいのだろう。

またいつか、その先の言葉を聞けるかもしれないしな。

気を取り直して俺は屋敷の明かりを、彼女の背中を、追って歩いた。


……ちなみに、湯冷めケアで体温を向上させる魔法はかけておいた。

若干不満げというか、そーじゃねーよみたいな顔をされた。

俺はまた何か間違えたらしい。

第4章

誕生日パーティー、当日だ。

使用人のみんなはだいぶヒリついているというか、浮足立っているような様子だった。俺の作ったマニュアルを必死に叩き込んでおり、いかなるトラブルにも迅速に対処せんという構えだ。

かくいう俺もそれなりにドキドキはしていた。

まぁ、とんでもない数の来賓がいるわけだから気を張らないわけがない。

何せ誕生日パーティーというのは〝社交〟の場であるのだ。

エレオノールを祝うという純粋な気持ちだけを持ってやってくる者など、おそらく半分もいない。

政治的、社会的な意味合いを持つゆえに、何か悪い虫がお嬢様につかぬよう、こっちも何かとアンテナを張らなければならないのだ。

その手のことはアデルベーターにも指示されている。

まぁその内容が「ひとまずは、お前の判断で決めろ」だなんていう、だいぶ無茶ぶりなものでなかったら良かったのだが。

本当にあの人はたかだか十歳を評価しすぎな気がする。

しかしまぁ、そこまでの信用をしてもらっているということでもあるのだから、やってやるしかない。

誰が良くて……誰が悪そうか。

人を見る目がなかなか試されるが、この世界を……この『乙女ゲー』をやりこんだ俺なら、きっとできるはずだ。

乙女ゲーマーの前世を持つ俺なら、相手の感情を敏感に察知できるはずだからなっ！

『淑士淑女の皆様方、本日はよくぞ、集まってくださいました――』

アデルベーターの芯のある声が会場内に反響する。

皆の視線が彼のほうに集まり、騒然としていた空気が徐々に落ち着き払っていく。

いよいよ、誕生日パーティーの始まりだ。

その間にも俺は周りの人間をちらちらと観察する。もちろん、気取《けど》られないように。

こういう静かになっていて周りの視線が向いていないときに、馬鹿な奴は馬鹿なことをし始めるものだ。

何か怪しい輩《やから》はいないか、目を皿にして周囲を見回す。

……と、そこで。

（うん？）

ふと、とある人物らが目に留まった。

別にこれといって不審だったり奇特な点があったりしたというわけではない。

結んだ金髪で、色白で、長身で、穏やかな表情の少年。

その横には明度を暗くし、かつ少しばかり背丈を削っただけで、その他は同じような姿をした少年が並んでいる。

探そうと思えばどこにでもいる、よく似た兄弟だ。

煌びやかな装飾を見るに……というか見なくても、貴族の両親に連れられてここにやってきたのだろうとわかる。

それだけの二人だ。特筆すべきところはない、だろう。少なくともこの場では。

……だがどうしても引っかかる。頭の中にできたわだかまりが詰まって抜けない。

どういう具合なのかを言語化して説明するのは難しいが、なんというか、脳裏に残る記憶とあの二人が、符合するようなしないような……。

もう少し近づいたら何かわかって――。

（……！）

不意に、明るい金髪の背の高い少年のほうと視線がかち合った。

それに気づいたのか、低いほうの彼もこちらを見ようと目線を動かす。

思わず俺は明後日《あさって》の方向にサッと視線を逸らした。

まだ手の付けられていない料理が目に映る。

……バレたか？

まぁバレたところであぁ失礼しましたと言う他はない。変に疑いをかけられると面倒くさいけれど。

もう一度、目だけで先ほどの彼らの方向を見る。

（……あれ、）

そこには、もうあの二人の少年の姿はなかった。

人影に隠れたかと思い、少しだけ視線を巡らせるが、やはりそれらしき影はない。

どこに行ったんだ？

あの一瞬に消えるなんて……。

もしかして、本当に怪しい奴だったのか？

だとしたら、俺の察知能力に拍手を送りたいが……しかし、先ほど感じた引っかかりはそういうのではない気がする。

おもむろに立ち上がり、あの少年たちのほうへ歩いていこうとする。

しかしその時。

『それでは本日の主役たる、エレオノールの入場です。どうぞ、晴れ姿をご覧ください』

会場の扉が、大きく開け放たれた。

入ってくるのは、もちろん彼女。

豪華絢爛《ごうかけんらん》という言葉はこの時のために生まれたのだろう、というほどに輝かしいドレスに身をまとい、それでいて生まれ持った髪色や配色によって、落ち着いた気品、艶やかさすら醸し出している……エレオノールその人の姿が、そこにはあった。

今現在彼女の側《そば》を歩くナナイさんに教えてもらったであろう所作をちゃんと熟《こな》し、上品さを湛えながら紅のカーペットを歩みだした。

本当はナナイさんの役目は俺が担当していたところなのだが、いかんせん変に準リーダーみたいな立ち位置になってしまったので、今回は今のような形になっている。

だがちょっと、今になって後悔というか、ナナイさんの立場が羨ましくなった。

今のエレオノールは、あまりにも綺麗すぎた。

見惚《みと》れるというのはまさに、今の俺のことを言うのだろう。

どうやらそれは他の来賓の者も同じだったらしく。

拍手の手は止まっていないものの、老若男女問わず皆一様に、ぽかーっと口を開けながらエレオノールの歩く姿を釘付けで見ているのだった。

あの方、僕のご主人でしかも友達なんですよね～、と言い出したくなってしまうがさすがにそれはしない。

引っかかったあの少年たちのことなどは、とうに頭から消え、ポケッーと彼女の歩みを眺めていた。

しかしまたしてもそこで、視線がかち合う。

今回は、エレオノールとだ。

途端彼女の口角はうっすらと上がり、目元にもどこか喜色が宿る。

俺もいつのまにか微笑んでしまっていたようで、慌てて表情を引き締めながら会釈をする。

入場を終え、堂々とした立ち振る舞いをする彼女は、もはや既に完成された伯爵令嬢のようであった。

＊＊＊

エレオノール凄かったなぁ。昔はあんなに堂々ともキラキラもしていなかったのに……やっぱり三年でも子供はぐんぐん成長するよなぁ。

諸々のあいさつや社交辞令が終わり、俺はそんなふうに呑気に感慨にふけっていた。

さて、ようやくパーティーの始まりというか、たのしいたのしい余興が始まる。

ゲーム知識を使って俺が手配した団体だ。

まだぽっと出ではあるけれど、実力はすでに十分。今後彼らが大成した際、ご縁でということで融通を利かせてくれるかもしれない、と踏んだ。

そういうこともあって、警備や監視を忘れたわけではないが、俺は妙にルンルンと浮足立っていた。

しかしそんな俺を地に足つけさせるように、彼女はこちらにやってくる。

「アルクスくん」

控えめにそう俺の名を呼びながら駆け寄ってくるのは、ナナイさんである。

心なしか表情が、なんだか参ったような感じになっている。

「ナナイさん、どうしたんですか？　エレオノール様の警衛でしたよね、あまり離れられると……」

「えぇっと、そのことなのですが」

別に責めるわけではないが、あまり役目を放っておくとあとで彼女が怒られそうなのでそう指摘する。

と、彼女は垂れた眉毛をさらに八の字にし、そしてなんとも重々しく口を開いた。

「急で申し訳ないんですけれども……エレオノール様の護衛を、代わっていただけませんか？」

……。

「え??」

視線をエレオノールのほうへずらすと、彼女の眼はおそらく俺だけが気づくであろうという程度に不満さを露わにしているのだった。

＊＊＊

数分後、俺はエレオノールの隣に座っていた。

主役の席に謎の使用人がすぐ傍《そば》にいるという状況。

もちろん注目を浴びるわけで、俺は胃がキリキリするような思いでいた。

余興の踊り子たちの演目によって、一時的にこの場の皆の視線は別のところに向けられているが、さきほど俺がエレオノールのところへ駆け寄った時はヤバかった。

何か雑用なのかと思ったらなぜか席を用意して座り始めるのだから、そりゃあ注目もするだろう。

アイツは何者なんだってな。

「アルクス」

呑気に踊りを鑑賞することなんてできず、頬の裏を噛みながら足元に視線を釘付けにしていると、なんだか心配そうに名を呼ばれた。

「はい。どうされました？」

「どこか悪いのですか？　顔色が優れないようですが」

視線をそちらに向けると、覗き込むようにしたエレオノールの顔が映る。

ドキッと胸がはねて、慌てて姿勢を正す。

いやしかしその質問は。

「いったい誰のせいだと」

「ふふっ。そう言うだろうと思いました。でも、アルクスが悪いのですよ？」

静かに席をこちらに寄せ、彼女は悪戯《いたずら》っぽく笑う。

「僕のせいですか？」

「だってアルクス、私の執事でありながら、ずっと私の傍にいなかったじゃないですか」

責めるような口調と視線。

ただ本気という感じではなく、頬を膨らませながら冗談めかした物言いである。

ずいぶんと気品あふれる姿ではあるものの、やはりこういうところではあどけなさを感じさせる。

「僕はちょっと、別の仕事があったもので……。その代わり、ナナイさんがいたじゃないですか」

「彼女はお父様の使用人ではないですか。アルクスは私の執事、代わりはいません」

「そういうものですか……？」

俺もナナイさんも使用人で契約相手は彼女の父親、アデルベーターなのだが……、そういう話ではないのだろう。でも、どちらもエレオノールの担当ではあるし、それほど違いはないと思うんだけどなぁ。

まぁたしかに、教育係とお世話係……どちらがずっと近くにいるべきかと言われたら後者ではありそうなのだが。

「でも、ここに座らせる必要はないじゃないですか？　主役の隣に単なる使用人が座るなど……」

俺がそう言うと、彼女は少しムッとしながらさらに距離を詰める。

友人であるという了解が皆にあるならまだしも、何も知らない人間が多くいるこの状況では、少し不自然な距離感だ。

俺は少し距離を取ろうとするが、腰の動きだけでは思うように席が動かず、失敗する。

そんな俺のことはなんでもないかのように、エレオノールは耳元で聞こえる程度の声量で囁いた。

「アルクスは単なる使用人ではありません」

「……それはありがたいのですが、しかし来賓の方々は――」

「それにっ」

彼女の声が少し上擦って、声量が大きくなる。

周りに聞こえたのではないかと、そちらに視界を移すが皆、踊りに夢中なようであったらしく、こちらの様子を窺っている者はいない。

小さく深呼吸して息を整え、彼女はもう一度口を開いた。

「ア、アルクスも、祝われる……べきだと思うので、」

声が少し震えている。緊張によるものか、照れによるものか。

彼女の表情を見るに、おそらく後者のほうが比重を占めているに違いない。

「僕も……？」

「アルクスは、私と同い年なのですよね？」

「ええ、おそらくは」

「なのに……、アルクスは誰にも祝われていない……ではありませんか」

……あぁ、なるほど。

彼女なりの、思いやり……みたいなものか。

たしかに、俺は十歳になるというのに誰にも祝われていない。

今年が始まる時、「お前十歳になるのか、おめでとう」と使用人の同僚に言われただけで、本格的に何か物を贈られるとかパーティーをするとかはなかった。

明確な誕生日がわからないし、かつ使用人という立場なのだから無理はない。

それを彼女は疑問に思ったのだろう。あるいは俺に同情をした。

だから同じ主役のように扱われるよう、隣に座らせた……ということだろう。きっとそうに違いない。

あぁ、なんと美しき心。なんと美しき精神。

友人として、従者として、感無量と言うほかはない。

あの時、暗く悲観していた彼女がここまで人を思いやれるようになるなんてっ。

ならばそれを無下になんてできない。

「エレオノール様……、非常に、光栄でございます」

「……」

赤面しながら、視線をきょろきょろと泳がせるエレオノール。

なんだか愛おしく感じられて、子供扱いしてしまうようだが、そんな彼女の頭を撫でようとする。

だが、セットした髪を崩してしまうかもしれない。空に伸ばした手をやや下に下げて頬に触れようとするが、しかしこれも化粧を崩してしまうかもしれない。

ということで、最終的に彼女の肩に着地させた。

エレオノールが素肌ということもあって、手袋をしているとはいえ、ほど良い体温がこちらまで伝わってくる。

びくりと体を震わす彼女に、俺は微笑みながら口を開いた。

「しかし、僕は良いのです。あなたの傍にいられれば、それで構わない。それに……」

肩に添えた手を撫でるように離し、そっと、彼女の膝に置かれた手を握る。

これまた猫のように体を震わせる。

だが硬直もしてしまっているエレオノールに、俺は優しく囁く。

「僕は、エレオノール様が祝ってくださる……それだけで十分ですから」

いや、けっこう、かなり、小っ恥ずかしいことは言っている。

もし前世の俺だったら、思いきりビンタされていたような気がしてならない。前世の俺がいったいどんな顔でどんな性格だったのかはわからないけれど、今こんな感情を抱いているあたり、無意識で人をたぶらかすようなイケメンではなかったのだと思う。

しかし今世の顔をもって、かつ関係も深い相手に言い放ったその台詞は、かなりの火力を有していたようだ。

「そ、そ、そそう……、そうです、か。そうですか」

茹でダコのように赤面する彼女の呂律《ろれつ》は、壊れた機械のように回っていなかった。

宝石のごとき黒い瞳をグルグルとさせて俺の手を握り返す。

「はい、ですから……」

その手を握ったまま、俺はゆっくりと腰を浮かせる。

しかしそれを瞬時に察知したのか、はたまた、たまたまか。

エレオノールは俺の体をぐいっと引っ張った。

「で、では。私が皆様のぶんまで、祝って差し上げます。ですから……今日はずっと私の隣ですっ」

混乱は解けていないが、しかし芯ある光を宿した眼でエレオノールは俺を見つめる。

思わず俺は言葉を失い、その状態で硬直してしまった。

「わ、かり……ました」

その瞳に吸い込まれるかのごとく視線をそのままにして、俺は腰をもう一度席に着地させた。

……まったく、適わない。

気持ちを無下にはせずに受け入れつつ、さりげなくその場を去ろうとしたのだが上手くいかなかった。

「フフ、フフフフ」

語尾に音符を弾ませるかのように、エレオノールは笑う。

その腕にはがっちりと俺の腕がホールドされており、そう簡単に身動きは取れなくなっているのだった。

やはりこの特等席を、甘んじて受け入れるしかないのかね……。

若干痛くなる胃を押さえながら、とりあえず落ち着こうと机に置かれた水に手を伸ばす。

そこで、ふと気がついた。

会場に、ざわめきが戻っている。

さきほどまで、踊りに夢中で静かになっていたのに。

そしてもうひとつ。

こちらに視線が向いている。

この会場のざわめきがすべて俺たちに対するものとはいえないが、しかし少なくとも、幾人かは俺たちの様子に気づき、ひそひそと誰かと耳打ちしていた。

あー……っと、これは、良くない。

「あ、あの。エレオノール様、少し」

もはや密着している彼女に放れてもらうよう進言しようとした。

しようとした、というだけ。

俺の言葉は次の瞬間、別の言葉によって遮られるのだった。


「なァ」

それは、ずいぶんと乱暴な口調だった。言うなればまだ色々なことに対する知識がなくて、なんにでも悪態をつける子供……言葉を換えればクソガキともいうべき口調だった。

俺とエレオノールは同時に視線を声の主のほうへ向ける。

彼女は何者かと訝《いぶか》しむようであった。

しかし俺のほうは……どちらかというと、驚愕、という感情にあるのだった。

「エレオノール・アンシャイネス伯爵令嬢、この俺と、踊れよ」

続く、やはり乱暴な物言い。

しかしそれは俺が思い描いていたものとまさに一致している態度であった。

視線の先には、俺と同じあるいは少し高い身長で、暗めの金髪と眼を携える、憎たらしい笑みを浮かべた少年がいた。

先ほど俺の目に留まった、あの二人の少年のうちの一人。

今、あの時感じた記憶のわだかまりの正体が判明する。

そしてそれこそが今、目の前に不敵に笑う少年の正体であるのだった。


「あなたは……レイザー・キルモンド……子爵令息」


例によって年齢は低いものの、『セレスティア・キングダム』の登場人物。

そして攻略対象であるキャラの姿がそこにはあった。

第5章

レイザー・キルモンド。

キルモンド子爵家の次男。

口は悪く、性格は横暴。

俗に言う俺様系……というより、お子様系と言うべきなキャラクター。

しかし主人公への想いは一途であり、ビジュアルもトップに良い。

そういったギャップ萌えで乙女の心を掴んだのか、プレイヤーからの人気はそれなりに厚い。

……まぁ、俺はあまり好きになれなかったが。

初心《うぶ》な子供らしさよりもガキらしさが印象に勝ってしまったのだ。

たしかにキャラクターとしては立っていると思うけれど……どうにも性格が相いれないというかな。

と、そんな感じの感想を抱いているキャラが今、俺の目の前にいる。

「私と、〝踊れ〟ですか」

「あぁそうだよ。この俺が共に踊ってやろうと言っている」

俺とエレオノールが話している間に余興は終わり、すでに社交のダンスの時間に入ろうとしていた。

実に優雅な音楽が奏でられている中、彼女とレイザーが机を挟んで睨み合う。

いや、睨んでいるのはエレオノールだけで、レイザーのほうは妙に余裕で不遜な笑みを浮かべているが。

……こいつって、こんなに馬鹿だったかしら？

子爵と伯爵、上下関係というのを理解していないのだろうか。それとも身分差についてはフランクであるアデルベーターにつけこんでの、この態度なのか……。

いや、っぽくない。

というか、なんでレイザーがここにいるんだ？

たしかに子爵令息が伯爵令嬢の誕生パーティーに参加するのはなんら不思議ではないのだが……しかし、キルモンド家とアンシャイネス家にラインがあったというのは少し驚くべきことだ。

本編では特別、知り合いであったり旧知の仲であったりということを思わせる発言はなかった……はず。だよな？

十年という長い月日、コンテンツに触れていないためか、記憶があやふやだ。

もはやコンテンツを超えて、その世界に入り込んでしまっているというのに。いや、だからか。

どちらにせよ、少なくとも彼らに何か関係があるということはなかったはず。

ではこれは語られなかった歴史、みたいなものなのか？

「そうですか、では、お断りいたします」

情報と記憶が錯綜して硬直している俺を差し置いて、話は進む。

エレオノールはレイザーが差し伸べた手を蔑《さげす》むように、あるいは払うように、視線を逸らした。

俺でなくても見て取れる、不快感を露わにして。

「はァ？」

レイザーもあからさまに不機嫌な態度を示し、こちらに詰め寄ってくる。

エレオノールは顔をやや後ろに下げ、俺の手を握る強さをキュッと強める。

「俺が誘ってやってんだぞ？　なんで断んだよっ!?」

「あなたと踊りたいと、微塵も感じないのですから当然でしょう？　……そ、それに私は
――」

「こいつっ!!」

その台詞は、今まさに俺がお前に吐きたい。まぁもちろん、それは驚きと呆れという意味だけれど。

エレオノールの言葉を遮って、あろうことか、レイザーは暴力的にその手を伸ばす。

頭からトンデモナイ態度であったがまだギリギリ踊りの誘いの範疇かな、と思っていたけど……さすがにこれは看過できない。

「――っ！」

伸びる、というか伸びようとしていたレイザーの腕を、空《あ》いている手でがしりと掴む。

少し力が強すぎたのか、彼の手が一瞬歪むように硬直する。

「んだよっ!?」

「アルクス＝フォート、エレオノール様の執事でございます」

そっと彼女の手を離しながら、俺は立ち上がり、レイザーと相対する。

俺のほうがやや身長が低く、目を合わせようとすると目線が高くなるが、しかし威圧感や恐怖などを感じることはない。

まぁ子供相手に怯えてしまうような訓練はしていないのだ。

「はッ、使用人如きが貴族の誘いにちゃちゃいれんなよっ」

「……私は、アデルベーター様より悪しき手からエレオノール様を守るよう指示されておりますので」

「……っ！」

彼は腕を掴んでいる俺の手を振り払おうとしてか、思いきり肩を揺らす。

だがその程度で手放すような握力ではない。

無理やり振りほどけないことを悟ると、レイザーはキッ、とこちらを睨んだ。

「お前、今、俺のこと馬鹿にしただろっ！　しかもこれ！　暴力だ暴力!!」

先にやろうとしたのはどっちだよ、と声を荒らげたくなるが、しかしここは冷静に対処しなければならない場面だ。

「あなたはお嬢様に危害を加えようと腕を伸ばしましたよね？　少なくとも私はそのように捉えました。私の職務は大部分を自己判断に任されているため、今回の対応に問題はありませんん」

「…？　何ごちゃごちゃ言ってんだよっ！」

レイザーは耳の先をさらに赤くしながら、睨みの切れ味を高める。

「使用人が俺に楯突くな!!」

「エレオノール様を守るのが、私の使命。職務は全《まっと》うさせていただきます」

「はァ!?　俺は踊れって言ってるだけだろうがっ、お前が首つっこんでくんな」

「つ、なら、貴族として礼節・作法を弁《わきま》えてください！」

こちらも啖呵《たんか》を切ってみせると、少しだけ相手は怯《ひる》む。

しかし手を離せば、そのまま殴りかからんと思われるほど、怒り心頭な様子である。

さすがに、この場で暴力沙汰はまずい。

「落ち着いてください、あまり事を荒立てたくはありません。事態が大きくなれば、あなたもキルモンド家に泥を塗ることになりますよ」

「な、なんでだよッ！」

「なぜって……。下位である子爵令息が、上位である伯爵の令嬢あるいは使用人に危害を加えたとなれば、問題になるのは目に見えているではないですか」

「……はぁ、はぁ？」

焦りというか、まずいことしたかも、という罪悪感が急に湧いたのか、若干顔の紅潮が薄れる。

だが、根本的にはあまり理解していないという様子である。

話しててわかったけど……、こいつ、なんというか〝子供〟すぎるな。

言動も教養も少し下品だ。貴族というより、平民のクソガキを思わせる。

ただ同時に、本編開始時レイザーの子供の頃はこんな奴だろうな、という想像にはドンピシャで当てはまっている。

それに、たしかエレオノールとレイザーは同い年だったはず（まぁ彼女らに限った話ではなく、登場キャラの半分以上は同世代なわけだが）。

ならば、今のレイザーも十歳。十歳児の言動と考えれば、むしろこちらのほうが自然……なのかもしれない。

まぁ、それでも貴族としてどうかとは思うが。

「ここで退《ひ》いてくださるなら、私からアデルベーター様に報告することはありません。何か指摘されても、それほど具体的に報《しら》せることはしません。ですから、ここは何卒」

「……わかったよ」

俺の脅《おど》かしが効いたのか、レイザーは弱弱しく応答した。

…ふぅ、まさに一触即発って感じだったが、なんとか落ち着いてくれたか。

これに懲りて、本編開始のときに多少性格が改善されたら良いのだが。

このままいけばエレオノールはおそらく学園に入学するだろうし、そこでレイザーと再会することはあろうし……。

「それでは」

彼の反応を受けて、俺もガッチリとつかんだ腕を放してやった。

自己を省みた相手をいつまでもニギニギしていたら悪いからな。

……しかしどうやら、俺のその認識は甘かったらしい。

刹那《せつな》に視界が回転する。


——ガシャーンッ!!


ガラスの破壊される音と体にかかる衝撃。

俺は、レイザーに倒されたということを悟った。

「アルクスっ!?」

悲鳴じみた声でエレオノールは俺の名を呼ぶ。

「エレオノール様、ケガはありませんか」と問おうとするが、またもやそこで頬に痛みが走った。

殴られた、ということを認識したのは、それのすぐあとだった。

「なんで俺がお前に指図されなきゃいけねーんだよっ！」

机を乗り越えて、レイザーは俺の上に馬乗りになっていた。

ギラギラとした目つきでこちらを見下ろしている。

いや、こいつ……マジか。

痛みとか、そういうものの前に、驚きと困惑が俺の脳内で勝っていた。

まさかここまで大立ち回りしてくるとは想定外だ。

……少し見誤ったかもしれない。

子供、しかも貴族のプライドを併せ持つという厄介さを、甘く見すぎていたのだろうか。

あるいはある程度ブレーキのある年齢である本編を意識しすぎて、言動を誤ったか。

いずれにせよ、もう遅いが。

「このッ――」

二度目の拳がこちらに降りかかる。

その瞬間、俺は己の右手をコイツに突き出した。

「【スリープ】」

眠りへといざなう催眠の魔法。

瞬間、レイザーのおそろしく不機嫌そうだった目は、急激にトロンと緩くなる。

拳をあげたまま、だらりと力が抜け、ぱさっと衣擦れの音を出しながら俺に倒れこむ。

「ナナイさん！　キルモンド卿を呼んでください！　それとアデルベーター様も！」

「え、あ、はい！」

するりとレイザーの馬乗りから抜け、おそらくしばらくは眠ったままだろうが、念のため両腕を手で拘束しておく。

そしてちょうど近くにいたナナイさんへ、いくらかの指示を飛ばした。

「――――――」

「――――――」

ひそひそと声が聞こえてくる。

群衆のほうを見てみれば、多くの人間がこちらを奇異な目で見ていた。

グラスの割れた音が響き、危うく暴力沙汰という状況なら、まぁ無理もない。

くそっ、面倒なことになったな……。

「アルクス……」

ふとエレオノールのほうを見ると、心配そうな目でこちらを見ていた。

「エレオノール様。お怪我はありませんか」

「私じゃなくて、自分の心配をしてください！　アルクスは大丈夫なのですかっ!?」

彼女はかつかつと歩み寄りながら、俺の顔に触れようか触れまいかという具合に手を空へ伸ばしている。

そこで頬の痛みに気づいて、ぼそりと回復魔法を呟いた。

「ええ、このくらい問題ありません。エレオノール様も無事で良かった」

にこりと微笑んで見せると、彼女は呆れるような、どこか寂しげなような表情を浮かべた。

＊＊＊

「大変、すまなかったッ!!」

騒動を起こしたレイザーを別室に移動させると、真っ先にそこにやってきたのは彼の兄『シーザー・キルモンド』であった。

先ほど、俺の目に留まった少年たちのもう片方。

そしてレイザーが攻略対象なら、例にもれず彼も攻略対象であった。

シーザーの性格は、まさにレイザーと真反対。

明るい金の髪と瞳。物腰柔らかな性格といわゆる王子様的な魅力を持つ彼は、『セレスティア・キングダム』においてかなり上位の人気を誇っているキャラクターである。

多種多様なキャラのいるこのゲームであるが、人気投票ではあと他二人とシーザーだけでトップ争いをしていた記憶がある。

そんな彼は、今、俺の目の前でとんでもない勢いで平伏していた。

というか、ほぼ土下座だった。

この世界に土下座という概念があるのか知らないけれど、奇しくも同じ構えであるのは確かだった。

「いえ、その、頭をあげてくださいよ……シーザー様」

さすがの俺もその勢いに圧倒されざるをえず。社交辞令とかではなく純粋にそう思った。

貴族が使用人に土下座、というだけでなかなかインパクトがある。

それに彼はレイザーより二歳年上、つまり俺よりも二歳年上だから、十二歳。

身体年齢とはいえ年上に土下座されるというのも落ち着かないし、それがほとんど少年という年齢なのだから、止めなければこちらが悪いような気もしてくる。

「すまない、本当に申し訳なかった」

ようやくそのハンサムな面を起こしてくれるが、しかし今となっては実に壮絶な表情となってしまっている。

問題児な弟を持つと、兄はこんな顔をするようになるのか……。

「いったいアレはなんだったんですか」

「レイザーのことか」

口が滑って〝アレ〟とか言ってしまったが、シーザーは何か怒ったり指摘したりはしない。

むしろ、察してしまうほどだ。

彼の口から聞かされたのは、日頃行われているというレイザーの横暴についてであった。

長男であり次期当主筆頭のシーザーを厳しくする一方、親はレイザーのことをだいぶ甘やかしていたらしい。

ほしいものがあったらなんでも与え、それによってどんどん肥大化していく欲や態度。

その結果、ほしいものは言えば手に入るという歪んだ認知になってしまい、今回の件はそれが原因で起こったらしい。

「じゃあ、レイザー様は本当にエレオノール様と踊りたかったんですね」

「……おそらくは。エレオノール様は非常に美しいお方だ。私が、気になる女性がいたら誘ってみるといい、なんて言ったばかりに」

それとなく聞いてみると、シーザーは沈痛な面持ちでそう言った。

気になる女性に嫌がらせするなんて、なんだそれ、ツンデレか？

いやまぁ需要はないし、どちらかというと、好きな子にちょっかいかける小学生に近いだろうけど。

率直に頼んでいれば、まだ希望はあったというのになぁ。

まぁ、彼には無理だったのだろうな。

「レイザー様は、どうなるのでしょうね」

沈黙でいるのもいたたまれず、適当な話題を振ってみるが、実の兄にはあんまりな話題だなと言った瞬間思う。

そして返答を聞いて、さらになんだか申し訳なくなった。

「……さぁ、わからない。アデルベーター卿の裁量もある。だが少なくとも……上級の貴族令嬢のパーティーに泥を塗り、家に恥をかかせて信用を落としたということで、追放は免れないだろう」

「……え、追放!? 追放、追放ってあの追放ですか……？」

「あ、あぁ」

ファンタジーでしか聞いたことのないような単語が出てきて、俺は何度もそれを連呼してしまう。

まぁ考えられないことでもない……のか？

でもレイザーはまだ十歳で子供だし……あぁ、でもこの世界での十歳はそれほど子ども扱いされないんだったな。

なら彼への処罰に追放というのは、意外と妥当なものなのか……？

横で爆睡をかましている彼を見る。

同情なんかはできないけど、なんだかそのままずっと眠っていたほうが彼にとって幸せなんじゃないかと思えてくるのだった。

第6章

シーザーがやってきてからほどなくして、キルモンドの当主夫妻や従者など……まぁつまりはレイザーの保護者たちが揃い踏みした。

代わる代わるの謝罪ラッシュを受け、そのあとも事実確認の聴取なんかを踏まえると、たぶん一時間くらいはあの部屋にいたのではないかと思う。

ようやく肩の荷が下りて、深いため息をつきながら会場に戻ってみると、皆、優雅な音楽に合わせて踊りを踊っていた。

そういえば社交ダンスの時間だったな。

周りの踊っている人たちを見てみると、やはり貴族だけあって慣れているのか、動きに迷いがない。

社交という意味もあるわけだから、あれらの中には関係値のない者同士で踊っているペアもいるはず。しかしまるでそんなことを感じさせないほど、息ピッタリな動きであった。

さっすが貴族は違うなぁ、なんて思いながら見回していると、前方右に彼女の姿が映った。

「エレオノール様」

「アルクスっ」

俯き加減だった顔がパッと前を向き、立ち上がってこちらに駆け寄ってくる。

「大丈夫……だったのですか？　その、ずいぶんと長くお話ししていたようですが」

「えぇ、僕は全く問題ありませんよ。ケガも大したものではありませんし、証人もいましたし、危害を加えたわけではないので咎められることもありませんでした」

「そうでしたか……本当に、良かったです」

彼女は俺の話を聞いて、ほっと胸をなでおろす。

無駄な心配をかけてしまった。

そりゃまぁ、いきなり胸倉掴まれながら押し倒され、馬乗りになって殴られたのだから心配のひとつやふたつあってもおかしくないだろう。

ホント、レイザーはやらかしてくれたぜ。

「まぁ、レイザー様のほうはこれから大変なことになりそうですがね」

「当然です。山賊のように横暴でしたし、いかなる罰も受けるべきでしょう――」

さ、山賊。だいぶこきおろしてらっしゃるな……。

その言葉に続いて、彼女はボソリと何かを呟いたが、あまり聞き取れなかった。

しかし彼女の様子を見て、それを聞き返すことはしなかった。

……やはり表情の変化は乏しいが、これはかなりご立腹なご様子である。

自分の誕生日パーティーで問題が発生したのだから、ごく普通の感情だが。

「……すいません、今日という日を台無しにしてしまい…」

「なぜアルクスが謝るのですか？　謝るべきはあの猿じみた者であり、決してあなたではありません」

「ですが」

俺も、未然に防げたかもしれないんだよな。

招待する段階であの気性であることを調べていれば、そこで弾くことができ、このような事態にはならなかった、はずだ。

そもそも俺はレイザーというキャラクターを知っていたわけだしな。

初めから招待者リストをブラッシュアップしておけばこんなことにはならなかっただろう。

そこは俺の力不足でしかない。

まぁ、あのスケジュールで一人ひとり調べられたかといえば難しいので、結果論の部分はあるのだが。

「それに、台無しになんて……まだわからないですし」

そう言うエレオノールの視線は、やや下がっている。

こういうときは大抵、何かを躊躇しているときだ。

たっぷりと沈黙を共有した後、彼女は口を開いた。

「…少し、外に出ませんか？」

＊＊＊

外はすっかり夜で、月も顔を出していない暗い世界だった。

見慣れた庭園ではあるが、目を慣らして一歩一歩踏みしめないと転んでしまいそうである。

俺とエレオノールは、屋敷からはだいぶ離れた、湾曲に形成された池のほとりにやってきていた。

月明かりはないものの、チリのように小さな星々が放つわずかな光を受け、水面はキラキラと輝いている。

ここに来てしばらく、俺たちは並んでその水面をぼーっと眺めていた。

「……そういえば、エレオノール様は踊られたのですか？」

ふと思って、俺は流れる沈黙を断つ。

ダンスの時間になってしばらくだが、離席したこともあって彼女の踊りを見ていなかった。

「いえ、踊ってませんよ」

「えっ？」

耳を疑う、というほどでもないけど、彼女の回答に俺はつい声を出してしまった。

ダンスは貴族の常識にして、このパーティーの肝ともいえる部分であった。

誰かよさそうな人を見つけ、関係を築く、というのが、基本的な誕生日パーティーの裏テーマである。

それを無視して、しかも今パーティーの主役でもあるのに、まだ踊っていないというわけだから、少し驚いてしまう。

「そう、なんですか？　他の貴族に誘われたりとかは……」

「ありましたよ。でも、すべて断りました」

断った？

伯爵令嬢という地位で主役ということもあり、引く手数多《あまた》だったろうに、それをすべて断ったということか？

なんで……そんなことを？

そう俺が問う前に、彼女は言葉を続けた。

「だって……初めては、アルクスと踊りたかったので」

暗くても、彼女の表情は明らかに見て取れた。

「……僕と、ですか？」

彼女が、俺と踊りたかった？

意味はわかるのだが、理解がまだ追いついていなかった。

どうして、というか、なんで俺と。

そしてどうしてそんな表情を。

「本当は昨日お誘いしたかったですし、するべきだったのですが……駄目ですね、勇気が出ませんでした。そうしたら、こんなギリギリに言うはめになってしまいまして……」

誤魔化すように、彼女は笑ってみせた。耳の先は繕えないほど赤い。

今までの逡巡した様子は、すべてこれが原因だった……ということか。

いや、それは、なんというか。結構……照れるな。

「い、いいんですか？　僕となんかで……その、踊りなんてやったことないのですが」

「私もそれほど得意ではありませんよ。……だから、ここに来たんです」

エレオノールはおもむろに立ち上がりながら、頭上、天空を仰いだ。

「ここなら、誰も見ていませんよ。今なら、月だって隠れてしまっていることですし」

空は、少し寂しい。

小さな星が小さく煌めくだけで、他には何にもなかった。

まるで、人のいないダンスフロアのように。

「……なるほどたしかに、ここなら下手な真似をしても、恥ずかしくありませんね」

彼女の意図がよくわかり、俺もゆっくりと立ち上がった。

「はい。アルクスが転んだとしても、その失態は私が独り占めしてあげますから」

「そうしていただけるとありがたいですよ……」

悪戯っぽい言い方の彼女に俺は苦笑する。

まぁさすがにそこまでの醜態は、彼女の手前、晒したくはないが……もし転んだらその時は彼女の心意気に感謝しよう。

「それでは、アルクス＝フォート様。もしよろしければ、この手を取っていただけますか？」

ナナイさんに習ったであろう、礼儀作法。

改まった誘い文句を述べ、彼女はその小さな手をこちらに差し出した。

「ええ、大変光栄でございます。エレオノール・アンシャイネス様」

あまりこういうときの返答に詳しくないが、詳しくないなりの礼儀を見せて、彼女の手を取る。

音楽は屋敷、はるか遠くで響いているが、俺たちは暗闇の空の下、静かにぎこちなく踊っているのだった。

＊＊＊

あのあと屋敷に戻った俺たち……というか、俺を迎えたのは、貴族たちの熱烈なオファーだった。

聞けば、エレオノールと親しげであり、強気なレイザーを毅然と窘《たしな》め、殴りかかられても冷静に対処している子供の使用人がいるぞ!? という話が広がったらしく、いずれ名士になるんじゃないかと唾をつけに来たらしい。

一人や二人ならまだしも、十数人が来たものだから、さすがに戸惑った。

一度相手にすると全員分長々と話を聞くことになりそうだったので、まとめて丁重にお断りさせていただいた。

なんだかエレオノールの表情も明るくなかったしな。

ちなみに、彼女のもとにもそういった政治的な社交を意図するアプローチ、および踊りの誘いはあった。

しかし、いつもの営業スマイル……もとい物腰柔らかな微笑を浮かべて、いずれも断っていた。

踊りの初めてについては俺ともう果たしたわけだし、受けてもいいのではないかと思ったが……まぁ、彼女もあまりしっくりこなかったのだろう。

特に聞き出したりはせず、しつこい相手がいたらあしらうようにした。

ただ誘いのとき、相手の貴族が俺のほうを見て、若干笑顔が引きつっていたのが釈然としないが。大方、先《さつき》のレイザーの件を見てのことなのだろうが、俺は誰かれも眠らせたり拘束したりしねーよっ。

まぁ、なんてこともありながら、時間は過ぎていき。

準備期間も含めて長かった誕生日パーティーは、お開きを迎えた。

＊＊＊

訂正しよう。

いくつかの意味で、誕生日パーティーはまだ終わっていなかった。

パーティーには準備もあれば、片付けも付きものである。

使用人であり、謎に準リーダー的ポジションにもあった俺は、このそれなりの規模のパーティーの後片付けに追われていた。

食べ残しや余興などで提供された娯楽の道具の処理、会場の清掃や備品の保管についてなど、これら諸々の指示を各班に飛ばすため、館内を駆け巡るというなかなか目まぐるしいものだった。

もう、こういう運営は懲《こ》り懲《ご》りだと何度か痛感した。

今度はもう少し楽なポジションに回りたい。

しかしまぁ、死に物狂いって感じで取りかかったので、なんとか日を跨がずに終えることはできそうだ。

ここまででかかった時間は四時間程度だろうか。まだもう少し作業があるにしてもなかなか早く終わるのではないかと思う。使用人のみんなが頑張ってくれたおかげだ。

これで約束の時間に遅れ……すぎることはないと思う。

すぎる、とつけたのは、もうすでにオーバーしてしまっているだろうからだ。

この約束というものが、パーティーが終わっていないということの、もうひとつの理由である。

外の池畔《ちはん》にて踊りを踊っていた時、エレオノールはパーティーが終わったあとで自室に来るように言っていた。

いったい何があるのかと問うても、微笑んでみせるだけで返答はなかった。

来てからのお楽しみ、みたいな感じだろう。

まぁ、お楽しみ、なのかはわからんがな。

疲れたから肩もんでくれや、だとか、寝付けないから子守歌歌ってくれや、だとか仕事の頼みなのかもしれないし。

そんなこんな、考えを巡らせながら、清掃に関して報告書を記入していると。

「アルクスくん。お疲れ様です。会場清掃班、終了いたしました。確認項目もチェック済みです」

ナナイさんが、清掃チェックの紙を携えてこちらにやってきた。

会場も終わったか。ここが一番大変で時間もかかるけど、もう終了したのはなかなか上出来なもんだ。

「あぁ、ナナイさん。お疲れ様です。もう終わったんですか、仕事が早いですね」

「ふふっ、そうですね」

彼女は俺の言葉を聞いて、微笑んで見せる。

何か、おかしなことでもあっただろうか。

「どうしました？」

「あぁ、いえ。その、みなさん、アルクスくんのパーティー準備の奮闘を見て、あんな小さい子が頑張っているから自分たちも片付けくらいは――と張りきっていたもので」

彼女は、その張りきっていた使用人たちの姿をもう一度思い出すように空を見つめて目を細めた。

こんな早くに終わったんだ、よほど頑張ったのだろうと想像がつく。

それが俺の姿を見てのことなら、まぁ、なんというか、喜ばしいものだ。

「それはなんだか照れますね」

「アルクスくんはこのパーティーに携わるうえで、本当に努力していましたからね。もはや、私たちが不甲斐ないとさえ思うほどには」

「そんな。完遂できたのは皆さんの頑張りなんですから。僕だけでは到底成し遂げられませんでしたよ」

「でも、アルクスくんがいたからこそ、素晴らしいものになったのではないかと私は確信しています」

お、おぉ。

そこまで買ってくれるか。

そういえばこれまでの頑張り自体を褒めてくれる人はまだいなかったから、なんだか感動しちゃうかもしれない。

「エレオノール様にも楽しんでいただけたみたいですし、これは頑張った甲斐がありましたかね」

「はい、自信をもってそう言えると思いますよ」

あっはっはと笑いあう俺とナナイさん。お互い顔に疲れが出ているだろうが、まだもうひと頑張りだな。

「……なんだか、アルクスくんを見ていると昔を思い出します」

「昔を？」

彼女は俺の向かいの席に腰をかけると、ぽつりとそう語り始める。

「はい。十……一、二歳の頃ですかね。同じ村に住む年下の幼馴染がいて、その子が今のアルクスくんたちと同じ、十歳だったんです」

懐かしむように、彼女は瞑目する。

「その子の誕生日のタイミングで、私もその子のためにパーティーを開こうと思って。私も彼女も、両親がいなかったものですから。私の十歳のときはパーティーなんてできず寂しい思いをしましたからね……彼女にはそんな思いをしてもらいたくなかったんです」

「それは、立派なお心をお持ちですね」

「ありがとうございます。でも、アルクスくんほどの労力でもありませんでしたけどね。村中のみんなに話を触れ回って、大人の人に助けてもらいながらでしたし」

それでも、友人のために奮闘しているということ自体、立派なことだ。

自分の感じた寂しい思いをさせないため企画するというのは、なかなかできるものでもないだろうし。

「その時の自分の姿が、おこがましくもアルクスくんと重なりましてね。ほら、」

俺を見据えながら、彼女は言葉を続けた。

「エレオノール様もアルクスくんも、年齢が同じで、幼馴染みたいなものではないですか」

「……幼馴染、ですか？」

「はい。だから、少し懐かしいなぁなんて思ってしまって」

彼女は苦笑交じりにそう言った。

その一方で俺はなんとも釈然としない感情に取り巻かれていた。

幼馴染という言葉が、なんだか脳内に居座り続けて、ナナイさんの話が右から左へと通り抜けていく。

その言葉自体というよりかは、『エレオノールの幼馴染』という意味でのその言葉が脳裏に反芻され続けた。

……なんでだ？

彼女の幼馴染……、そんなものいただろうか。

まぁ俺自体『セレスティア・キングダム』の世界でイレギュラーなのだから、違和感があって然《しか》るべきなのだけど。

だが、どうにもそれで流せない。

幼馴染という存在が、なんだか、とても重要な気がして——。


「アルクスくん？」

ナナイさんの言葉で、ふと、我に返る。

「大丈夫ですか？　ぼーっとしていましたけれど」

不思議そうな表情で俺の顔を覗き込む彼女。

思ったよりも近くに顔があって、俺は反射的に体をひいてしまった。

「い、いえ。少し……考え事を」

「そうですか……お疲れでしょうし、早めに寝てくださいね？」

「……はい」

俺の異変を疲れによるものだと了解したのか、彼女は心配そうに言った。

弱弱しく返事をしながら、俺は眉間をほぐす。

「ナナイさーん、ちょっとここについてなんでけど――」

「あ、はい！　今行きます!!　――では、私はもう行きますね。お互い、もうひと踏ん張り頑張りましょうっ」

「え、ええ。そうですね……」

お互い頑張りましょう、と俺が言う前に、彼女は自身の持ち場へと戻っていた。

羽根ペンを握りこんだまま、俺はなんとも言えぬ感情を抱きながらポツンと置いていかれるのだった。

第7章

夜もふけて、館内の明かりは段々と消え始めていた。

少し仮眠をとった……というか寝落ちしたおかげか、頭がすっきりした。

あの妙な感覚も少しは抜け落ちていた。吹っきれたと言うほうが正しいかな。

考えてもわからないことを考えるのは意味がないし。

まぁそのおかげか、視界も幾分か明瞭である。瞼《まぶた》も自然と落ちてこないしな。

後片付けを終え、報告書も書き終わった俺は、真っ暗になったこの廊下を一人歩き進める。

洋館であることも相まって、なんだか前世の幽霊スポットみたいな感じだな。

うらめしや～と半透明な人間が現れても驚かないぞ。……いや、西洋じゃあうらめしや、ではないか。

そんな他愛もないことを考えながら到着したのは、約束の通り、エレオノールの自室である。

日を跨ぐか跨がないか、という時間帯だ。

もう寝てしまったのではないかと心配してしまう。

もしそうだった場合起こしてしまわないよう、そっと、目の前の扉をコンコンと軽快な音を立ててノックした。

反応はない。

やはり、少し遅すぎたかな。まぁもう、いつもなら眠ってる時間だしな……。

明日謝って休憩の自由時間を献上すれば許してくれるだろうか。

そんなことが脳裏によぎったが、念のため、もう一度戸を叩こうとする。

しかし、その時。

「うぉあっ!?」

扉が開け放たれる。

足が何かによって引っ張られる。

その何かに体を引きずられて、部屋の中に吸い込まれる。

この間、ものの数秒。

何が起こったのかわからず、気づけば俺は扉の内側におり、床に倒れこんでいた。

(いったい、なんなんだ!?)

掴まれたであろう足を動かしてみる。

すでに解放されているようで、特段違和感はない。

しかし視線をそちらにやってみれば、明らかに異質なものが飛び込んできた。

「黒い……触手？」

ふよんふよん波打つように蠢く何かが、俺の足元にあった。

体だけ起こし、サッと足をひいてソレを注意深く観察してみる。というか、衝撃すぎてそうすることしかできなかったのだが。

しかしそうしても、黒の触手は何かアクションを起こすわけではない。

依然とウネウネと全身（生物ではなさそうだけど）をくねらせるのみ。

「いや、ホント、なんなんだよ……？」

おそらくこれが俺を引っ張り込んだモノの正体なのだろうが、いったいなんでこれがエレオノールの部屋に……。

（エレオノールはっ⁉）

彼女の身に何か危険があったのではないか、という思考が脳内に駆け、反射的に俺は部屋の内部のほうを振り返った。

視界を支配したのは、すらりと長く、白い……脚のようなもの。

それが限りなく至近距離にあった。

「うわぁっ⁉」

憚《はばか》らず素っ頓狂な声を上げて、俺はガタガタと床を鳴らしながら、尻餅をついたまま後ずさった。

離れてみて、ようやくそれが何者かの脚であることを確信する。

恐る恐る視線を上げてみると、当然だが、俺を見下ろす人物の顔がそこにはあった。

しかし表情は窺えない。暗闇の影に塗りつぶされている顔が、物言わずこちらを見つめていた。

そこで剣を抜いたり魔法を唱えられたりできればカッコよかったのだが、俺はまるで蛇ににられた蛙のように、ピクリとも体を動かすことができなかった。

たった、瞬《まばた》きをすることさえ。

幾許《いくばく》かの時をそうしていた。

先に動き出したのは、向こうのほうだった。

突然、その青白い脚を曲げて、目線をこちらに合わせてきた。

いったい何をしようというんだ……!?　なんて考える間もなく、こちらに目線が到達した目の前の人物は、あの聞きなれた声で口を開く。

「アルクス？」

「…………エ、エレオノール、様」

怪訝そうな表情の彼女の背中には、黒い触手が蠢いて見えた。

＊＊＊

「僕じゃなかったらどうしてたんですか…」

「こんな時間に私の部屋に来る人なんて、アルクスしかいませんよ」

俺がそう問い詰めると、エレオノールはコロコロと悪戯っぽく笑った。

いったいどんな魔法を使ったのかわからないけれど、あんな手荒な招き方を俺以外の誰かに使われたら軽く事件になり得る。易々と見過ごすわけにはいかない。

とはいえ、たしかに彼女の言う通り、彼女の自室に限らずともこんな時間帯に誰かの部屋を訪問する輩はいないだろうが……。

そうすると逆に、なんでこんな時間帯になってまで俺を招いたのか、という話になる。

そしておそらくその理由であろうモノが、俺の目の前の机に並んでいた。

「で、これが呼んだ理由ですか？」

「はい。だってアルクス、今日はあまり食事をとれなかったでしょう？」

そう。

お洒落な机に並べているのは、食べ物の数々。

……厳密に言うとケーキやマカロンなど、食事というよりティータイムのスイーツみたいなラインナップであった。

どうやら彼女は、会食中あまり食事をとらず、パーティー通しても物を入れる様子のなかった俺を見かねて、余ったスイーツなどをこっそり確保していたらしい。

それ自体は実に感動したいことではあるのだが……もっとこう、食事！　って感じのモノではなくあえてスイーツを選んだあたり、建前でしかないように聞こえてしまうが……。

まぁそこを追及すると、俺の首が締まりそうなのでやめておこう。

「たしかに、あまり食べられてないですけど……。でも、こんな時間にお菓子を食べたら、アデルベーター様やナナイさんに怒られますよ？」

「でしょうね。でも、今日は特別な日なので無礼講ですっ。……日を跨ぎそうですが、ここまで来たらアルクスも共犯ですしね？」

悪戯っぽく笑いながら彼女はマカロンを手に取り、「はい、あーん」とか言いながらこちらへ差し出してくる。

……まったく、こんな芸当、いったいどこで覚えてきたんだ。

俺か。

最近は減ったけど、前は食事やおやつのたびに〝あーん〟してやった気がするし。

まさか今になってこちらに矛先が向いてくるとはっ。

「……ま、それもそうですかね」

さすがに気恥ずかしかったので、差し出されたマカロンをつまんでヒョイと口に入れる。

あーんに応じなかったせいか少し残念そうな目をするも、俺が乗り気になったことを知って、

「ふふっ、そうこなくては」

彼女は喜色を表情に滲ませながら、こちらにずいっと身を寄せた。

まったく、エレオノールには敵わない……。


しばらくの間、俺たちは会話とスイーツを楽しんだ。

まぁ、大きなパーティーの終わった夜だ、積もる話みたいのもあるわけで。

一流のパティシエが手がけたという菓子も相まって、実に楽しいひとときであった。

「せっかくならお茶も用意しましょうか」

並べられた皿が空き始めると、少し遅い気もするがエレオノールはそう言った。

戸棚のほうへ、彼女は自身の白く華奢な手を伸ばす。

決して、伸ばして手の届くような距離ではない。

当然、自分の手で取ろうとは思っているわけではないだろう、じゃあ今のは何をしたのか？

答え合わせをするかのように、影がヌラりと蠢く。

黒い触手。

それが器用に戸棚を開けて、目的を持ったかのように漁《あさ》り、その通り茶葉の入った木箱のみを全身で絡めとってこちらに持ってきた。

別に、こういった自在に何かを操作してモノを運ぶ魔法というのは、珍しい部類ではない。

俺だってやろうと思えば再現できるだろう。

だが、その触手からはなんとも形容しがたい、根源的な恐れを感じさせた
「はい、アルクス？」

「え、あ、あぁ。……って結局僕が淹《い》れるんですね」

彼女の声に我に返って、触手から木箱を受け取る。

目で茶葉を選別し、魔法でお湯を生成して、ポットで淹れる。

使用人になって何度もやってきた工程だ。

今になってはスムーズにできる。できたはずだった。

実際には、選別には手間取り、お湯の魔法は手元が狂って熱すぎたりぬるすぎたり。

妙に上手くいかなかった。

……が、エレオノールはそれを見ても何か言うでもない。

伏し目がちに、俺の様子を眺めるだけだった。

ようやく上手くいってティーカップに注いだあとは、「はいどうぞ」「どうもありがとう」と短く言葉を交わしただけで、なんとも言い難い沈黙が流れた。

幾許かそうして、エレオノールが三つ目のケーキに手を伸ばしたところで、俺は切り出す。

「あの、」

「な、なんですかっ？　今日は無礼講ですので、いくつ食べても構わないでしょう？　それに、すでに食べてしまったあとなのですから、今更ひとつやふたつ数が変動したところで――」

「あ、いや。そうではなくてですね」

俺の声に過剰反応して、彼女は矢継ぎ早にそう捲し立てる。

あまりの気迫に調子が崩れて、笑ってしまいそうになるが……。

明らかに、いつもより饒舌すぎる。

切り出すタイミングも悪かったのだろうが、それを加味しても明らかな動揺というか……違和感を感じ取れた。

「先ほどの、魔法のことなんですけど……」

「……」

俺が打ち切られた言葉を続けると、彼女は押し黙り、ケーキに伸ばしていた手を引っ込める。

表情はなんだか寂しげで、何か諦観のようなものをにじませながら、口を開いた。

「はい。私の……の固有魔法《セレスティア》ですよ？」

なんでもないかのように、彼女は言った。

あくまで、ように、だ。唇の震えがそんなわけないということを物語っている。


個々人に授けられた、その者だけにしか使えない魔法……セレスティア。


主人公にだって、レイザーやシーザーのような攻略対象にだって、もちろん俺にだって、それは備わっており、『セレスティア・キングダム』という作品を色づける重要な要素として確立されている。

別にエレオノールがどのような魔法を持っているのかを知らなかったわけではない。

作中でも、彼女のセレスティアは何度も出てきた。

……無論、敵、もといラスボスの魔法として。

「なんだか不気味ですけどね。でも、ちょっとだけ便利なんですよ？　ほら、今みたいにモノを運んだりできて……」

彼女が指で虚空をかき混ぜると、黒い触手はその動きの通り、ぐるぐると回って見せる。

それだけ見ると、蛇を操る大道芸人のようではあるが、しかしその姿からはどうにも、忌避感とも言うべき何かを感じさせた。

「はぁ……良いところはそれだけですけどね。私のセレスティアは……、人を怖がらせてしまうみたいなので」

自嘲げに彼女は笑う。

……知っている。

それが、エレオノールという人物が『呪いの子』『人類の敵』だなんて呼ばれている所以《ゆえん》だ。発動するだけで相手に恐怖を与え、実際作中では『人類の敵』にふさわしい所業をやってみせるのだから。

「申し訳ございませんでした。今も、先ほども、アルクスのことを怖がらせようとしたわけではないんです。……本当ですよ？」

先ほど、というのは、俺をこの部屋に入れた時か。

あれもこの黒い触手によるものだったのだろう。

そして、あの得も言われぬ、彼女から感じられた威圧感も。

「……いつから、ですか？」

「先月あたりでしょうか。朝目覚めたら、いつのまにかこれが溢れ出ていて……」

言葉足らずの俺の問いを汲み取って、彼女は答えた。

先月。わりと前からなのか。

今まで全然気づかなかったけれど。

「どうして教えていただけなかったのですか？」

「そ、れは……」

泣きそうな目で、彼女は俺を見た。

目を隠したり、口元を隠したり、眉間を押さえたり。

ようやく紡いだ言葉は、隠しきれないほどに震えていた。

「怖かった……。アルクスに、嫌われてしまうのではないかと思って」

止めどなく、両目から涙を溢れさせる。

それは三年前、底知れない闇へと沈みかけていた彼女を連想させた。

咄嗟に背中をさすってやると、彼女はまるで縋るように、こちらに身を寄せる。

「どのみち気づかれるのだから、関係ないというのに。事実、こうしてあなたを怖がらせてしまうのですから」

少しだけ落ち着いたのだろうか、声は震えながらも、少しだけ密着の距離を広げる。

しかし言葉の内容は依然と自身を嘲るようなものだった。

……そして、俺はそれをハッキリと否定することができない。

彼女の言う通り、俺は怖がってしまった。恐れをなしてしまった。

今更何を言っても、口八丁にしかならない。

「今日……、アルクスが押し倒された時……、少しだけ、〝これ〟を発現させてしまったんです」

右手を虚空へかざすと、黒の触手がそこから浮かび上がってくる。

その様子を彼女は、どこか忌々しげに見つめている。

「そうしたら、みなさんの私を見る目が変わりました。まぁ、本当に少しだったので……あの場の騒動に居合わせた方々のみでしたが……」

あの時の、彼らの奇異の視線は……俺とレイザーが取っ組みあってたこと、だけに対するものではなかったのか。

どこか、恐れというか、蔑むような感情を感じられたけど、すべては彼女の固有魔法《セレスティア》によるものだったということか……？

「皆さんの……様子を見て。やっぱり、この力は駄目なのだと、思いました」

はぁ、と息を吐きながら暗い部屋の天井を仰ぐ。

「そして同時に、確信しました。私はやはり呪われているのですね。いくら抑えようとしても、この触手が……まるで手足のように定着していて。息を吸うように、いつのまにか使ってしまっているんですから。私が何かを願うと、この忌まわしき魔力が蠢くのです」

「……」

「きっとこのまま、私は無意識にこれを使ってしまって人々を怖がらせるのでしょうね。そして、きっと私の周りからは誰もいなくなる」

「……しかし、僕は」

「アルクス。あなたもきっと、いなくなります」

このまま話し続けていると、どこまでも闇深くへ行ってしまいそうだ。引き留めようと声を出そうとするが、そこでバッと突き放される。

瞳に光を宿さず、彼女は言葉を続けた。


「そう言っていなくなったのが、私のお母様ですから」


母親……。

エレオノールの母親は、作中に登場しない。アデルベーターも大概影は薄いが、テキストなんかでは多少名前が出ていた覚えがある。

そして、転生したこの世界でも俺は彼女の母親に一度も会ったことがない。

思えば屋敷にいて一度も母親の話題が出ていないことに、違和感をもつべきだったのかもしれない。

「お母様は、まだ魔力を制御できず、皆から忌避された私を抱いて、同じようなことを言ってくださいました」

追憶するように、彼女の視線は虚空をなぞる。

「でも五歳になる頃には、そんなお母様も私の目の前に姿を現すことはなくなりました。お父様が言うにはご実家に帰られたそうです。婚姻はまだ破棄していないようですが……きっともう、私と会うつもりはないのでしょう」

そんなことはない、だなんて易々と否定はできない。

事実この三年間、一度も姿を現していないわけだ。

おそらくその体験が彼女の自信を……自己を肯定する心を失わせただろう。

初めて出会った時のあの眼が、なによりの証拠である。

心につけられた傷を、軽い気持ちで否定はできない。なかったことにすることはできない。


……だけど。


彼女自身を肯定すること自体は、できるんじゃないか。

母親に捨てられた……のかもしれないけど、しかしそれはエレオノールに問題があったわけではない。

すべては彼女にこんな力を与えた世界と、その能力を不当に貶める風潮のせいだ。


「エレオノール様」

「……良いのです。これが私の運命なのですから。きっと私は誰にも――」

「エレオノール様っ！」


振りきって闇へ沈んで行ってしまいそうな彼女を、無理やり、肩を掴んで引き留める。

突然の大きな声、あるいは急に掴んできたこと、あるいはその両方に驚いたのか、彼女はビクリと体を震わせて目を丸めた。

だが、止まってくれたならそれでいい。

闇への歩みを止められるのならば。

「嫌われるのが運命だなんて……そんなこと言わないでください」

小さくて白くて華奢な手を取る。

そこからジンジンとした彼女の温もりが伝わってくる。

それは決していいものではない。己の力に苛まれて、苦しみ悶えているゆえの熱っぽさだ。

いったいどうしてエレオノールがそんな状況に陥らねばならないのだろうか。

「たしかにあなたの固有魔法《セレスティア》は、魔力は……恐怖を植え付けるものなのかもしれません。名も知れぬ無責任な人々が、それであなたを叱責するのかもしれません。……ですが、でもっ」

今はもう、方便とか敬語とかを捨てて、本心を伝えるべきだと思った。

恐怖と涙に震える手をそっと両手で包み込んで、俺は言った。

「俺は、この手を……放さないから」

まっすぐと彼女の目を見据える。

その漆黒な眼には、たしかに俺の姿が映っている。

この瞳を濁らせないために……闇に堕とさないために、今まで俺は彼女と接してきたのだろう？

ならば、彼女の目に俺の姿がある限り、俺はこの手を離さない。

決して闇へ直進させるなんてことはあってはならない。

そんな確固たる決意をもって俺は言いきったのだった。

……シン、とした沈黙が流れる。

エレオノールは目を丸めたままキョトン、というような表情を浮かべている。

ぱちぱちと瞬きしてみせ、何をするでもなくこちらの顔を見つめている。

(あれ……間違えた？　いやまぁたしかに急にこんなこと言ったらキモいし、いや、でも本心だしっ……)

空白の時間があまりに長く、台詞自体もなんだか気恥ずかしいものだったから、急速に自信を失っていく。

しかしちょうどそこで、フッと噴き出すように彼女は笑った。

「ふふっ……、私は本当に駄目ですね」

視線を伏せる。

その笑いは、俺を馬鹿にするものではなく、むしろ自身に対する自嘲的なものであった。

「実は……アルクスはそう言ってくれるのではないかって、期待してしまっていました。あなたの、優しさに、つけこんで」

「何度だって言うよ。優しさとか、建前じゃなくて。その、本心だから」

言葉を探りながら俺がそう言うと、エレオノールはもう一度泣いた。

俺の胸に飛び込みながら、堪えるように、声を押し殺すように泣いた。

その様子はまるで子供のようだったが、しかしその通り、彼女はまだ子供なのだ。

だというのに、こんな能力を持ってしまったばかりに、彼女は不当に貶められてしまっているのだ。

そっと、涙に暮れる彼女を抱き寄せる。

キュッと、俺の手を握る強さが強まる。

……守らなければならない。

きっと彼女の身にはこれからも災いが降るのだろうし。

彼女の使用人として、友人として……。

幼馴染として、彼女を決して、本編のような末路を辿らせるわけには……闇堕ちさせるわけにはいかない。

決意が、心の中で固まった。その折に。


ふと、思い出した。


先ほど、ナナイさんとの会話で思い起こされた、謎の思考のわだかまり。

エレオノールの幼馴染……、本編にはいなかったはずのソレ。

本当に、いなかっただろうか？

思考を助けるかのように、前世の記憶が別のワードを持ってくる。

エレオノールが本編のような……人々を苦しめる存在になった《闇堕ちした》のは、なんでだ？

幼少期からの不当な差別か？

まぁ、なくはないだろう。

でも、それがすべてと言えるのか？

差別の結果彼女は自信を喪失し、何もかもを諦めてしまおうとした。

それは今のやりとりでも推測できる。

だが、そこに他者への攻撃性はさほど感じられない。あくまで、自身に向けた卑下の感情のみ。

少し理由としては、足りないような気がする。

じゃあほかに、何があるんだって話なんだけど……。

そこでまたちょうど、前世の記憶が新たなワードを持ち出してくる。

あれは、そう。公式ファンブックに掲載されていた設定資料集にて、添えられていた一文。

どうしてこうも、重要な記憶を忘れていたのだろう。

そして、こんなところで思い出してしまうのだろう。

……いやでも、そんな、まさか。


「……今のやりとりでわかりました」

俺が急に絡まりだした思考にいる中、彼女は俺の胸の中でぽつりと言った。

「きっと私は、あなたがいなくなったら……どうにかなってしまうのかもしれませんね」

「……え？」

腹のあたりが、血の気が引くような感覚になった。

「その、もし、アルクスが私を突き放していたらと考えると……なんだか怖い想像をしてしまって――」

エレオノールは弱弱しく笑った。
あくまで冗談めかしくそう言った。
でも、それはきっと、冗談じゃない。
現実になる。

そうなったのが、本編なのだ。

彼女の中での俺の大きさと、そしてこれから起こるであろう未来。
エレオノールの闇堕ちの理由は、大切な人の……死。
そしてその大切な人というのは、幼少の時代を過ごした幼馴染であり。
そして今、その幼馴染であるのは、この、俺。

記憶違いなんじゃないかって、何度も自問するけど、しかし妙に確信があった。
そして今の彼女の発言が、よりその信憑性を高める。
じゃあ、待て。
つまり俺は、少なくとも本編開始の十五歳……五年後までに、死ぬってことか？

そして俺が死ぬせいでエレオノールは、人々を苦しめるラスボスになる……？

「ねぇ、アルクス？」

飛んでいきそうな意識が、彼女の声で引き留められる。

「先ほどの言葉、信じさせてくださいね？」


〝あぁ、当然だ〟


そんな一言が喉に詰まる。

頷こうにも、首が震えて動かない。

何か、強大なものが、俺の頭と首を抑え込んで「お前は彼女を裏切る」と囁いているような気がした。

第8章

誕生日パーティーのあの夜から三回、月が満ち、そして欠けた。

慌ただしい日々は終わり、また平穏な日々が戻ってきた。

いや、平穏というべきかはわからない。俺の胸中はあの日からずっと生死の境にいるかのような思いであり、感情はぐちゃぐちゃに絡まっていた。


……あと五年以内に、俺は死ぬ。


しかも五年というのはあくまで本編開始までの年数であり、エレオノールの幼馴染はそれよりも前……おそらくは三、四年前には死んでいる可能性が高い。

だから明日死んでも、今すぐ死んでも、何も不思議ではないのだ。

まぁ、人間いつ死ぬかわからないし、このことは誰にでも当てはまるわけなのだが、しかし確定事項として提示されるというのとは話がまるで違う。

それにもっとショックだったのは、俺はおそらくこの世界を本編の軌道からなんらズラすことができていないのだろう、ということだった。

細かな分は違うのかもしれないけれど、しかし結局俺は死んで、彼女は闇堕ちしてラスボスになる。

今までエレオノールが悲惨な運命を辿らないよう頑張ってきたし実際その道からズレたんじゃないか、なんて考えていたけど、結局それは幻想に過ぎなかったわけなのだ。

これまで俺がしてきたことは無駄だった、そう思えて……ならない。

……かといって、このまま死を待つわけにもいかない。

何より俺が死んだら、エレオノールは最悪の末路へ突き進むことになろう。

それだけは避けたい。

この三年間で彼女への思い入れは、『セレスティア・キングダム』の世界の人物の中で最も強くなったと言ってもいい。

どうにか、彼女が非業の死を遂げることは避けなければならない。

でも、どうすればいいのだ……。

彼女に嫌われて、俺が死んでも心が動かないようにするか？

……いや、本末転倒か。突き放した時点で虐殺に走るかもしれない。

自惚《うぬぼ》れかもしれないけれど、しかし本編では俺が……幼馴染が死んだことで、エレオノールは悪逆非道な人物へと堕ちてしまっている。

やはり、俺が死なないようにすることが手っ取り早く、最も効果的なのだろう。

しかし、そんなことができれば何も困らない。

そもそも俺がどうやって死ぬのかすらわからないのだ。

病気か？　事故か？　他殺か？

病気ならなんの病気だ？

事故なら火事か？　転落か？

他殺なら誰に殺された？　暗殺されるのか、戦いの末殺されるのか？

何もかもが不明瞭である。

前世の記憶にも、さすがに死因までは事細かく残っていない。

というかそもそも『セレスティア・キングダム』において設定自体されているのかどうか……。

正直、手詰まりだった。

考えれば考えるだけわからなくなってくる。

ただ、じっとしていたってできるのは無力感を抱くことくらいだ。

何か行動を起こさなければ明日はない。

考えて、いつ死ぬかの恐怖に震えて、また考えて。

その末に、俺はより一層剣を振るい、魔法書を読みふけるようになった。

つまりは己の実力を研鑽することにしたのである。

単純で、脳筋みたいな発想だと自分でも思うけど……しかしこれが、最も効果的なんじゃないかとも思う。

病気でも、魔法があれば治せる。

事故でも、魔法があれば回復できるし、剣技で防げるかもしれない。

他殺ならばなおさら強くなるのが得策だろう。

どんな死亡フラグも、真っ向から叩き折ってやるのだ。

どこまで強くなればいいのかなんてわからないけど、少なくとも、いかなる死の危険も跳ねのけられるようにならなければ安泰はない。

そう、言うなれば、俺には〝最強〟であることが求められているというわけだ。

あと五年以内。時間の猶予はない。

一度の剣の素振りが、魔法書を叩き込む数秒間が、俺の運命を分かつような思いでいるのだった。

＊＊＊

「――ッグぅ」

声にもならぬ声を漏らしながら、俺は地面を転がる。

全身が擦り剥けてヒリヒリと痛むが、動けないほどの痛みはない。

「もう一回……お願いしますっ」

「おいおいマジで言ってんのか!?　全身膝小僧みたいに擦り剥けてるぞ、お前」

今一度打ち合いを頼むと、目の前の鎧に身を包む男は驚愕……というか半ば呆れの感情でそう言った。

現在、俺はこのアンシャイネス家に常駐する騎士たちと、模擬戦をしている。

以前からそれなりに剣を交わすことはあったが、ここ最近は都合さえ合えば、毎日こうして打ち合っている。

理由は簡単。

伯爵家に仕えるだけあって、やはり彼らも実力者だ。見ているだけでも十分成長につながる。なら実際に戦ったらもっと成長できるよね、ということだ。


こうして本気でやりあってみると、やはり俺は未熟なのだと痛感する。

一対一で戦ったって、十回中一回勝てれば上々というレベルだ。

最強にはほど遠いどころか、恐れ多いくらいだ。

……だからもっと、俺は彼らから経験値を得なければならない。

「大丈夫です、お願いしますッ」

「いや、アルクスお前……。ん～……」

俺は威勢よく返事をするが、騎士さんはなんとも煮えきらないという様子である。

まぁ子供をボコボコにするのは心象悪いだろうけど……、だが俺には必要なことで……。

そう思っていると、彼はそそくさとこちらに駆け寄ってきた。

「いや……その、うん。わかった。その代わりいったん休憩しよう、な？」

「いえ、構いません。回復魔法をかければ疲れなんてどうとでもなります」

「……そうじゃなくてさぁ」

困ったように彼は眉間をほぐす。

そして、コソコソとした声で俺に耳打ちをするのだった。

(お前を伸すたびに、お嬢様の視線がキツいんだよ……)

(……エレオノール様？)

思いがけず彼女の名前が出てきて、一瞬疑問符が浮かび上がるが、鎧の男が指さすほうを見ると、たしかにエレオノールの姿がそこにはあった。

(い、いつのまにいたんですかっ？)

(結構前からいただろ、気づかなかったのか？)

全くもって気がつかなかった。

とにかく一心不乱に剣を振っていたものだから、周囲の環境に気を配る余地がなかった。

「……わかったなら、いったん休憩だ」

周りにも聞こえるような声量で彼はそう言うと、伸びをしてから足早にこの場を離れていった。

こうなっては仕方ないと、俺も模造剣を鞘に納め、エレオノールのほうへと向かう。

「いらっしゃったのなら、声をかけてくだされぱいいのに」

「アルクスが頑張ってるのを……邪魔したくありませんでしたので」

彼女は口角をほころばせる。

「ナナイさんの座学は」

「もう終わりました。褒めてくださっても構いませんよ？」

エレオノールはいたずらっぽく笑いながら、その漆黒の頭頂部をこちらに差し出した。

「……さすがは、エレオノール様ですね」

白い手袋をして、俺は応じて彼女の頭をポンポンとする。

イケメンにしか許されないこの頭ポンポンだが、ここしばらくエレオノールと言葉を交わす際は、決まって求められる行為であった。

何度やっても未だに慣れない。

根っこの部分で、俺はこんなキザなことを苦手としているのだ。

しかしエレオノールはそんなことは露知らず、だらしなく表情に喜色を滲ませている。

こういうのって基本やられる側が照れ臭いだろうに、今は俺が羞恥心で赤面するのであった。

なんでか当然のように訓練場にいる彼女だが、少し前……というか誕生日のあとから、こうして座学やら予定やらを早めに切り上げて、訓練をしている俺を訪ねてくるようになった。

しかし来たことを俺に告げることはなく、ただ様子を眺めているのみ。

いったい何が楽しいのかわからないけれど、毎日欠かさずにやってくるのである。

やはりあの夜を経て、より俺に懐いてくれたということだろうか。

まぁそれは別に構わないし、むしろ喜ばしく思う。

ただ同時に不安も大きくなる。

時間を作って俺のところへ来るくらいには、彼女にとってアルクス＝フォートという存在が大きくなっている、とも言うことができるわけだ。

もし俺の死が現実となったとき、彼女の悲しみと闇堕ちの度合いもまた強くなるのではないか、と考えると……。

あぁ、駄目だな。

ここ最近、ずっとこんな思考だ。

すべてが俺の死か、彼女の闇堕ちにつながるのではないかと思えてならない。

「アルクス？」

「え、あ、ぁ。すいません」

ボーッとしていたようだ。

取り繕うように俺が言うと、彼女は眉を垂らしたような表情をする。

「最近のアルクス、なんだか変ですよ？　何かあったのですか？」

「……いえ、別に、特には」

近々俺死ぬらしくて、それによってあなたが人を苦しめる存在になることがわかったんですよ！

なんて馬鹿正直に言えるはずもなく、俺は適当にはぐらかしてしまう。

エレオノールも釈然としない顔だ。

あまり嘘は吐《つ》きたくないけれど……、でも、これればかりは仕方がないんだ。

そう、自分に言い聞かせていると、バシンッと背中に衝撃がかかる。

「なーにコイツは、カッコつけようとしてるんですよッ！」

後ろを振り返ると、豪快に笑う、先ほど俺と打ち合っていた騎士の姿があった。

「かっこ……つける？」

「はいっ。来《きた》る試練の儀式に向けて、お嬢様に良いトコ見せようと頑張ってるんですよッ！」

「……え？」

思わず、声が漏れてしまう。

彼の発言に、俺は二重の意味で疑問符が浮かんでいた。

まぁまず、カッコつけよう云々《うんぬん》はまったくもってそういう意図はないので、自信を持って言われて少し困惑した。

そしてもうひとつは、試練の儀式、という単語。

……ちょっと待て。

それってもう……、この時期なのかっ⁉

満十歳の少年少女らが、居住地域付近で指定された森・洞窟など……いわゆるダンジョンと呼ばれる場所へ赴き、自身の技量と度胸を試す行事。

それが、試練の儀式、というものだ。

この世界における十歳というのは、大人には足らないにしろ、子供扱いするのは相応《ふさわ》しくない、という年齢であり、半分成人のような扱いを受ける。

その通り、この年齢から多くの子供は武術や魔法なんかを学び、将来に向けたことを行っていく必要がある。

そんな大人へと進歩していくうえで、現状の自分はどれくらいかなというのを試すのがこのイベントというわけだ。

別に、この行事のことを忘れていたわけではなかった。

むしろよく覚えていた、と言ってもいい。

なにしろ『セレスティア・キングダム』というゲームの物語は、この儀式の最中に主人公が特殊な力に目覚めるところから始まるのだ。

何度も周回プレイしてきた俺が、そのことを忘れるはずもない。

だが今になって困惑しているのも、事実である。

強くならなければ今にも死んでしまうのではないか、これらの思考が脳裏を取り巻いていて、一時的にこの行事のことが頭から抜け落ちていたのだろうか。

（そうだった……、そうじゃないかっ……。なんでこうも抜けてるんだッ）

視野が狭くなっていたということに、自分で自分を非難する。

……なにせ、一番死にやすそうなイベントを見落としていたわけだ。

さすがに子供を死地へ送るような行事ではないため、一定の安全は保障されているらしいけれど、しかしそれはあくまで一定だ。

どんなイレギュラーが起こるかわかったものではない。

今になって、死へのカウントダウンが急激に進んだように感じられた。

「……アルクス？　大丈夫ですか、表情が優れないようですが……」

エレオノールが心配そうな眼でこちらを覗く。

彼女の漆黒の瞳の中に、壮絶な顔をした俺の姿が映る。

……この瞳に、幼馴染の死を移すわけにはいかない。

「……すいません、少し急用を思い出したので……それではっ」

いても立ってもいられなくなり、話を無理やりに打ち切るような形でその場を駆け出した。

「アルクスっ!?」

さぞ困惑しただろうし、事実そのような感情が声から感じられたが、しかし今の俺の状況を説明できるわけもない。

構わず走った。

……どこへ行けばいいんだ。死なないためには。

力をつける……にはあまり時間は残ってない。

いや、もうできることをやるしかない。

わしゃわしゃと頭を掻きむしる。

ひとまずは、館の書庫へと向かおう。

そのあとは、魔法の練習だ。

そのあとは、剣を振るって……。


そのあとは、そのあとは……。

＊＊＊

どうしてこうも、時間が過ぎるのは早いのだろうか。

あれからひと月が経ち、試練の儀式という、俺にとっては死刑執行のようなものが翌日に控えようとしていた。

できることはすべてやった。と思う。

試練を行う場所の地形、地理的特徴、生態系はすべて叩き込んだ。

書庫にあった魔法書はすべて網羅したし、剣の鍛錬も今まで以上に熟《こな》してきた。

普通は試練の儀式のためにこんなにまで努力しないし、しようとも思わないし、する必要もない

だが俺の場合は、どの角度から俺を殺しに来るかわかったものではないのだ。

ここまでやっても、まだ足りないかもしれない。

足りなかったら俺は、明日死んでしまうのだ。

そう考えると、もはや安眠することなんて到底無理なことだった。


「はぁ……」

のそりと起き上がって、ベッドから出る。

外はまだ暗い。

雨が降っているらしく、余計に闇は深くなっていた。

水滴が屋根や地面にぶつかる音が掻き乱してきて、余計に眠る気が失せてくる。

明日少しでも万全な状態でいるためには、絶対に睡眠はとる必要があるのに。

脱力しながら、天井を見上げた状態でもう一度ベッドに飛び込む。

……明日、死ぬのだろうか。俺は。

死因とタイミングさえわかっていれば、まだやりようも心持ちも変わってくるというのに
……。

こんな無理ゲーはあんまりだ。

「アルクス。お前はどうやって死んだんだ……。あの、エレオノールを闇堕ちさせるほどの、死に方なんてして……」

うわ言は、誰に届くでもなく虚空に吸い込まれていく。

俺の問いに答えが返ってくることはなかった。

＊＊＊

天気が悪い。


空には太陽の姿がなく、代わりに分厚い灰色の雲が占拠している。

昨夜の雨は上がったようだが、いつまた降るかわかったものではない。

……縁起が悪いな。


一切の晴れ間が見えない曇天を見上げながら、俺は内心でぼやく。

ゲン担ぎでもしてきたほうがよかっただろうか。

かつ丼食べたり鯛めし食べたり……。あ、靴にすべり止めもつけてきたほうが良かったかな。

雨のせいで足元が悪いし、転んだりでもしたら大変だ。なにより縁起も悪い。

……いや別に、受験するわけじゃないんだけどな。

そんなふうに内心で冗談を言っても、天気も気持ちも一向に晴れる気配はない。

まぁ、もうここまで来たからには、なるようになれと思うしかないよな。

＊＊＊

「この森の奥へと辿り着けば…良いのですよね？」

胸中穏やかではない俺の横、若干怖気づいたような声色で、エレオノールはそう言う。

元々白い肌をさらに青白くさせ、彼女は俺の腕の袖をつかんで離さないでいた。

「はい、そうですね」

「そう、ですか。……そうですよね」

う～ん、と困ったように彼女は唸った。表情を崩さないことで定評のあるエレオノールだが、さすがに今ばかりは苦々しい感情を表に出している。

まぁ無理もないことだと思う。

普通の子供なら怖がらないほうがおかしなことだ。


――試練の儀式、当日。

俺たちは、試練を行う場所である、アンシャイネス家の屋敷があるエーゲンハイトから少し離れたところの森林と対峙している。

前日に雨が降っていたこともあってか、あたりはジメジメとしており、雰囲気もなんだか鬱蒼としている。

もちろん果てもわからない闇が奥のほうまで続いているので、相当肝《きも》の据わった者でないとこの先を進むのは抵抗があるだろう。

「安心してください。エレオノール様は僕が守りますから」

微笑みながらそう答える。

しかし彼女の表情はまだ曇っている。

信用してない……わけではないのだろうけど。

恐る恐るというふうに彼女は口を開く。

「アルクスは……、怖くないのですか？」

怖くない。

わけがない。

恐ろしいに決まってる。どこから死の鉄槌《てっつい》が下されるのかわからないし、五分後にはただの肉塊に変わり果てているのではないか、なんて考えに至って押しつぶされそうだ。

それで死から逃れられるわけではないのはわかっているけれど、今すぐこの場から逃げ出したい気分である。

だが、この感情をおくびにも出すわけにはいかない。

彼女を意味なく怖がらせることになる。それはあまり好ましくない。

「……いえ、怖くないことはないですよ。しかし、エレオノール様に危害が加わることのほうがもっと恐ろしいので」

だから俺は、毅然とした態度でこう返した。

エレオノールは若干照れるような仕草を見せるが、依然として恐怖はぬぐえていないのだろう、黙ったままこちらに身を寄せてきた。

「で、では……いざとなったら。お願いしますよ……？」

不安そうに上目遣いをする。

少し火力が強かったもので、思わず目を逸らしてしまうが……。

〝いざとなったら〟

そんな事態が起きたら、俺は死んでしまうのだろうか。

そうしたら彼女は……。

……駄目だ。

思考が後ろ向きだと、事態までが後ろに向かいそうだ。

ここまで来たら、もう己を信じるしかない。

俺は今までよくやっただろう、ならばきっと大丈夫だ。

フルフルと頭を振るい、そして自信をもって頷いて見せる。

「任せてくださいっ」

俺はちゃんと、声の震えは抑えられていただろうか。

＊＊＊

森に足を踏み入れて、しばらく。

俺たちは順調に奥へと進んでいた。

目指しているのはこの森の最奥……とされる場所にある、神聖岩、なんて呼ばれる大岩だ。

そこまでたどり着いて、破片を持って帰るのがこの試練をクリアする条件である。

さほど難しいことではない。

雰囲気こそ一丁前だけど、この森にはあまり強い魔物は出てこない。子供でも頑張れば倒せる程度だ。

まぁ無論、油断すれば怪我を負うことにはなるのだが……。

しかし、こと試練の儀式、それも〝貴族の〟となれば、怪我のリスクなんてものは最小限と言っても過言ではないだろう。

貴族だって、むやみに子供を殺したりケガさせたりしたいわけではないのだ。

陰ながら護衛を張り巡らせて、虫の一匹も遭遇させない勢いでお膳立てする。

それが貴族流試練の儀式である。

もはやそれに本来の意味はあるのか、と言われたら閉口するしかないけれど、形式的にやるっていうのが大事なのだろう。こういうのは。

まぁ、そういうわけで、エレオノールにもたくさんの護衛がついている。

ほら、そこらの茂みに視線を向ければ。

「……ッ！」

「……」

パチンと視界がかち合う。

慌てたようにペコリと会釈しながら、陰のほうへと消えていく。

……あれは、まだちょっと新人めの人かな。

ベテランの護衛は本当に姿がわからない。

しかし打ち合わせ通りなら、今この場にも十名以上の護衛が潜んでいることだろう。

万にひとつ、命の危機に陥った場合は、彼らが飛び出してくれるはずである。

……そんなことがなければいいのだが。

「ア、アルクス？　そこに何かいるのですか……？」

ギュッと俺の服を掴んで、恐る恐るというふうに彼女は問う。

「……いえ。少し気になっただけです。ただの草木の影でしたけどね」

「そうですか……。先ほどから視線を感じるので、てっきり何か潜んでいるのかと……」

おっと。

随分と勘がいいな。

まさか護衛に気づいているわけではないだろうけど、その存在自体は感じ取れているのか？

皆さんにはバレないよう気をつけていただきたいところだが……。

「安心してください。もし何かいても、僕が守って見せますから」

「うぅ。本当に、お願いしますよ……？」

エレオノールはギュッとより一層、距離を縮めてくる。もはやピッタリくっつくような構えだ。

いや、そこまで近いとむしろ動きにくくて困るなぁ……。

しかしまぁ、それで落ち着いてくれるなら別に――

「っ！」

「ひっ……！」

前方、草むらがガサゴソと音を立てる。

護衛が移動する……音ではない。

獣のような気配を感じる。

まさかコイツが俺を殺すような魔物じゃないよな？

内心冷や汗をにじませていると、音の正体がそこから飛び出してきた。

「――――！！！」

形容するなら、キューキューーっという、首を絞めたような甲高い声。

白い羽毛、長い耳、自分の図体よりも何倍も高く跳ぶ跳躍力。

そして極めつけは、額から伸びる短い角《つの》。

「…アルミラージ、ですね」

この森の中でも、最低に危険度の低い魔物だった。

一角ウサギとも呼ばれるが、まぁその名の通り、ただ角の生えたウサギだ。

魔法があり剣術が盛んなこの世界では、ほとんど危険視されない。

むしろ可愛いなんて言われる始末だ。

内心の冷や汗をこっそりと拭う。

だが、油断はすまい。

毎年に一人くらいは、この魔物によって殺されている者もいるのだ。

十分危機感を持つには足る相手である。

「エレオノール様、少し下がっていてください」

剣を抜き、彼女の前を立ち塞ぐ。

「殺してしまうのですか？」

「ええ。奴らは血気盛んですから、目の前の人間を襲ってきます」

グルグルと唸りながら、目の前の小動物はこちらを睨んでいる。

まぁ威圧感なんてあったものではないが。

「――――！！！」

刹那、アルミラージは飛び出した。

丸まるように額の角を突き出す、突進攻撃。典型的な攻撃パターンだ。

「――フッ」

短く息を吸いこむ。

別に本気を出すような相手ではないが、手を抜く必要もない。

剣を振るった。

足元から右肩上へ、斜めにかけた一振り。

鈍色《にびいろ》の剣閃が突進してくるアルミラージと重なる。

瞬間、やつは唐突に勢いを失い、ぽっとりと地面に墜落した。

動かない。まるで物言わぬ毛玉のようなものが横たわっている。

瞬殺だ。

それを見届けてから、抜いた剣をゆっくりと収める。

「……お、終わったのですか？」

不思議そうな顔でエレオノールは問うた。

まぁ外野から見れば、剣を抜いて振るったかと思えば、何事もなかったかのように鞘に収めている状況だ。

何が起こったのか瞬時に理解するのは難しいかもしれない。

「はい。終わりました」

「今の一瞬で、ですか……!?」

「そうです。褒めてくださっても構いませんよ？」

ふふん、と冗談めかしく誇ってみせるが、彼女は未だ信じられないという様子で、恐る恐る獣の死体へと近づいていく。

「血なんかが出ていませんが……」

「そういう技を使いましたので。おそらく内部はサッパリと斬られていると思いますよ」

「そ、うなんですか」

死体の表面は一切血で汚れていない。

何も知らない状態で見れば、ただ眠っているかのような様子だろう。

エレオノールがそっと抱きかかえてみせるが、まぁやはり反応はない。

「先ほどまで、元気に飛び跳ねていたのに」

「……まぁ、殺し合いというのは、そういうものです」

沈痛な面持《おもも》ちを見せる彼女。

目の前で小さな命が一瞬にして潰《つい》えた、と考えれば、純真無垢な子供にはつらいものがあるのだろう。

まして、こんな小さくて可愛い小動物みたいなヤツなら。

「やはり、ショックですか？」

「いえ。あなたの言う通り、仕方のないことだと……思うので」

アルミラージの死体をそっと地面に置いて、彼女は立ち上がった。

……十歳でそこまで割りきれるなら、大したものなんじゃないかな。

試練の儀式というのは、一応そういうことを学ぶ一面もあるらしい。

この世界に生きる以上、殺生《せっしょう》は避けられない部分だ。そのたびに引きずっていたら大変なことである。

しかしそういった現場に立ち会うことの少ない子供は、まだ慣れというものがないだろう。

貴族令嬢・令息なら、なおさらだ。

だから、この機会で耐性をつけておく、ということである。

その意味でいえば、彼女は試練の儀式の目的のひとつを果たしたともいえるかもしれない。

「しかしやはり、可愛らしいものが死んでしまうというのは、悲しくなりますけどね」

「まぁ、それも無理はないでしょう」

「そうですね。でも、もしできるのだったら……」

エレオノールは、刹那に瞑目する。

そして、けむくじゃらの死体に……慈愛と形容すべきなのかわからぬ視線を向けて……。

「危険の及ばないところに、閉じ込めてあげたいところです」

……うん、うん？

つい聞き返しそうになってしまうが、……家で飼ってやりたいとか保護してやりたいとか、そういう意味なんだよな？

「……アルミラージなら、ペットとして人気みたいですよ？」

「そうなのですか？　でも、お父様がきっと許してくれないですね。動物がお嫌いですから」

彼女は笑みを浮かべる。

いつもの通りのお淑やかな微笑だ。

特に変わりはないように見える。

では、先ほどの……底知れないナニカを宿したような光のない笑みは、なんだったのだろうか。

「ここで立ち止まっていても仕方ありません。行きましょうか」

「……はい」

先導していく彼女の背中を、俺は少しばかり呆然と見送っていた。

＊＊＊

「はぁ～、隠れるだけってのも疲れますねぇ……」

「おい、たるんでるなよ。お嬢様の護衛なのだから」

「いやぁ、そうは言ってもですよ？　なんですかあの少年は。普通に強いじゃないですか。僕ら要《い》りませんって」

「……、たしかにアルクスは目を見張るものがあるが」

「でしょう？　さっき茂みの中で視線が合った時、なんだか団長の面影感じましたもん」

「見つかっているではないか。気を引き締めろよ、という意思を伝えてたんじゃないのか」

「かもしんないですけどぉ、でもあの子なら、こんな森に出てくる魔物なんてちょちょいのチョイじゃないですか」

「それもそうだが……、しかし打ち合わせの時から、彼は『気を引き締めろ、いつでも飛び出せるようにしておけ』と入念に言っていたからな」

「たぶん、初めて森に入るからビビってたんじゃないすかね。まだ子供ですし。きっと今頃は超よゆ～なんて思ってますよ」

「とか言って、サボりたいだけだろお前は」

「あ、バレました？　いやでもサボりたいとかはちょっと語弊があって、まぁ嘘でもないんですけどぉ……」

「……」

「どうしました？　黙っちゃって」

「……いや、なんだか見慣れぬ足跡があってな」

「足跡ぉ？　……あ、ホントだ。ちっさい人の足跡ですね。しかも何個も」

「こんな魔物、この森にいたか……？」

「ゴブリンとかっすかね」

「なくはないが、森より平地や洞窟を好むからな、あいつらは」

「じゃあ、平民の子供じゃないですか？　たしかほぼ同時にやってるんですよね、儀式」

「それもありそうだが…、目的地は一緒でもコースはだいぶ離れているから、少し無理がある気もする」

「えぇ～？　……でも、どうせ別に大したことないですよ。こんな小さい生物なんですから」

「……念のため、前方偵察の奴らに確認してくる」

「真面目ですねぇ。じゃ、僕は引き続きお嬢様の護衛してますね」

「サボるんじゃないぞ」

「大丈夫ですって。きっと何も起きませんから」

「お前なぁ」

＊＊＊

アルミラージとの遭遇以降、道中で魔物に遭遇することはまったくなかった。

比較的開けていて安全な道を通ったからかもしれないが、それにしてもほとんど気配を感じ取ったりすることはなかった。

護衛の人たちが全部駆逐してしまったのだろうか。

一応試練の儀式の要旨を踏まえて、雑魚魔物くらいは残しておいてください、とは言っておいたのだけど。

まぁ、無駄に体力や神経を消費する必要がなくなったと考えれば良いか。

そういうわけで、なんの障害なく進んだ俺たちは、試練の目的である神聖岩にたどり着いた。

鬱蒼《うっそう》とした森の中で、不自然に開けた場所に出たかと思えば、そこにあるのは視界一面を覆いつくすような巨大な一枚岩。

「これが、神聖岩……ですか」

「ですね、聞きしにも勝る大きさですが」

名前的にはもっとこう、石碑みたいなものだと思っていたのだが、まさかこんなバカでかいただの岩だったとは。

どこらへんに神聖要素があるのかわからないけど、まぁ何か伝承みたいなものがあるんだろう。ここまで大きいのは異常だしな。

「これを削り取って持って帰れば試練完了です」

「そうですか、ようやく終わりなんですね……」

エレオノールはぐったりとした表情で胸をなでおろした。

道中魔物はいなかったけれど、彼女は常に怯えていたからな。俺もいつ死線を彷徨《さまよ》うのか神経を張っていたけれど、それ以上にエレオノールはすり減らしていたのではないかと思う。

「欠片《かけら》を採取したら、少しばかり休憩しましょうか」

「ですね」

俺の提案に、彼女は苦笑して賛成した。

ま、二、三時間は歩き続けたんだ。

俺も疲れてるし、少し英気を養っていこう。

＊＊＊

大きさこそ大したものであるが、削り取ってみると案外普通の石だった。

特に断面がダイヤモンドみたいに輝いていたり、魔力を放っていたりしているわけではない。

これ、別のところから適当な石を取ってきて提出してもバレないんじゃないかなぁ。まぁ、この辺はそれっぽい石は落ちておらず、肥沃な土しか地面にないけど。

気が抜けてしまったからか、そんな他愛《たわい》もないことを考えながら、俺たちは岩の影に入って休憩をしていた。

持ってきた軽食をひとまず腹の中に入れる。

エレオノールはだいぶ回復したのか、途中でぐったりとした表情に色が戻っていた。

森にもだいぶ慣れてきたことだろうし、良かった良かった。

だが俺のほうは、依然として警戒を緩めてはいない。

いつ首が跳ね飛ばされるのかわかったものではない。

油断は禁物だ。

……そうだ、あとで護衛の人にも途中確認をしようかな。

情報共有は大切だ、とりあえず現状確認だけでも……。

なんて考えていると。

「あーっ！」

叫びとも言っていい声があがる。

何事かと視線をそちらに向けてみると、そこには無邪気そうに口をあんぐりと開ける少年の姿があった。

「俺たちよりも早い奴いんじゃん！」

「えぇー！　絶対一番乗りだと思ったのに！」

「やっぱあそこで迷ったからだよお前が！」

「は～？　俺のせいじゃないしっ！」

彼の後ろから続々とほかの少年たちも現れ、やいのやいのと騒ぎ立てる。

なんか、こういうガキンチョ同士の会話、久々に聞いた気がするな……。

孤児院時代を思い出す。

「なんですか、あの方々は……」

「おそらく、同じく試練を受けている平民の方たちでしょう」

眉をひそめるエレオノールの問いに返答する。

たしか、別の地点で平民の方も儀式をやってるんだっけ。

時間はずらしたりしているみたいだが、目的地は変わらずこの神聖岩であるため、こうしてバッタリ会うこともあるのだろう。

「あぁ！　あいつ知ってるぞ！　母ちゃんたちに気に入られてた奴っ！」

「うわ！　お前のせいで俺怒られたんだからなぁ！」

その中の一部の少年たちが、こちらに向かって怒りの叱責!!

……えぇ。まぁ、街の人々とはそれなりに交流あるけども。

俺のせいで怒られたってなんだ？

俺みたいになりなさいっ！　みたいのは村にいた時よく聞いたけれど……、それのことかな。

だとしたらまぁ、災難なことですね、としか言えないけど。

特に傷ついたりはしないので、子供たちの騒ぎを聞き流していると……。

「あ、あの黒いのも見たことあるぞ俺！」

「ホントだ！　母ちゃんが言ってたカラス女じゃね!?」

ぴくりと、隣の彼女が身じろぐ。

「うわ、じゃあ貴族じゃん！」

「実質俺たちが一番じゃん！　調子乗んなよ！」

「ジッシツなっ！」

「黒色野郎に食われるぞーっ！」

キャッキャと猿みたいに笑いながら、彼らは岩の裏のほうへと走っていった。

「……アイツら、好き勝手言って」

さすがに理性が働いて剣を抜き放ったりはしなかったが、謝罪の一言や二言くらい吐かせてやろうかと拳を固め、俺は立ち上がろうとする。

……が、その時、不意に右肩にポンという柔らかい感触が伝わってきた。

何事かと体を止めると、その隙にスルリと何かが俺の右腕にまとわりつく。

俺の右腕を抱くようにした体勢のエレオノールが、上目遣いでこちらを見つめていた。

「エレオノール様……」

「やめてください、アルクス」

「……しかしッ――」

「アルクスっ」

腕を抱く力を彼女は強める。

とうとう容易に振り払うことはできず、俺はあの子供たちが走り去っていった方向とエレオノールを交互に見たあとに、力なく腰を下ろした。

「もしかして、私が傷ついたと思いました？」

ニヤッという擬音が合っていそうな、冗談めかした笑みを彼女は浮かべる。

「ええ。少し」

「ふふっ。……心配いりません。もうこの手のことは慣れましたので」

飄々《ひょうひょう》とした態度で、笑みを浮かべて見せる彼女。

傷ついているという様子はなかった。強がっている、というわけでもないだろう。

……そうか。エレオノールも強くなっている、ということか。

少し彼女を見くびりすぎていたのかもしれない。

まぁ、俺が死んだら闇堕ちすると知って、あまりに過保護になっていたから仕方ない……と言いたいけど。

しかし、この調子で毅然とした姿勢をとれるようになれば、俺の死亡でも闇堕ちにまではいかないように――

「それに、アルクスが肯定してくださるなら、それで構いません」

強く、なってるんだよな？

その言い方は、ちょっと不安になるんだけど……。

……先ほどの考えは取りやめることにしよう、かな。

やっぱり俺、死んじゃ駄目。

第9章

あれからもうしばらく休憩していたが、その後も続くように子供たちはこの大岩にたどり着いていた。

まったく護衛がいない……というわけではないだろうが、しかし貴族のように戦闘のプロフェッショナルがついているわけでもないだろう。

そんな中で幼いながらも、魔物はびこるこの森を抜けてきたのは、凄いなぁと思う。

まぁ、アルミラージのような弱いモノが大半だから、貴族が過保護すぎるだけというのもあるんだけどな。

「賑やかになってきましたね」

「そうですね……僕たちはそろそろ出発しましょうか」

「ですね。目標は達成したので、あとは帰るだけですから」

俺が出発の提案をすると、エレオノールはそう言いながら立ち上がった。

結局、入念に準備をしてきた割に、何事もなくここまで来てしまった。

死地へ臨む姿勢だったものだから拍子抜けする感じは否めないけれど……しかし、まだ油断はできまい。

「帰るだけ……と言っても、無事帰るまでが試練です。再度気を引き締めて参りましょう」

休憩中に剣や道具の点検は万全に行っておいた。

いつでも戦闘態勢に入れるよう、常に周囲へアンテナは張っている。

この森を抜けて屋敷へと戻るまで、俺は息をつくことは許されないのだ。

「……アルクスの言う通りですね、まだ何が起こるかわかりませんから」

彼女は苦笑した後に、神妙な面持ちで頷いた。

やっぱりこの試練を通して、彼女にも成長があったのではないかと思う。

強くなったというか、凛々《りり》しくなったというか。

貴族の護衛をつけた超ゲキ甘難易度ではあるけれど、子供にとってはやはり良い経験になるのかもしれないな。

そんなことを意識の片隅で考えながら、俺もゆっくりと剣を携えて立ち上がる。


その折に。

「誰かっ、だれかぁッ!!」

悲鳴じみた、子供の叫び声が聞こえてくる。

この岩の後ろのほうだ。

「あ、お前一番ビリじゃん」

「おっせーなぁ」

「あとで罰ゲームな～」

背後でわいわいとした騒ぎがする。先ほどの叫びを真剣にとらえていないのだろうか。

「違うんだっ！　本当に大変なんだっ!!」

切羽《せっぱ》詰まったように泣き叫ぶ声。

さすがに気圧されてか、茶化すような言動は鎮まる。

……どうやら、只事ではないことが起きているみたいだ。

「何か、あったのですか？」

俺は神聖岩をまわって、少年たちの騒ぎへと介入する。

おそらく同郷なのだろう、似たような系統の民族衣装を身にまとった少年少女が七、八人程度の人数で集まっていた。どうやら先ほどのクソガキたちのグループのようである。

見覚えのある生意気そうだった顔の少年たち。しかし今ばかりは緊急事態であることを察したからか神妙な面持ちをしているのだった。

そしてその集団の中心には、大粒の涙を目じりに溜め、直後にボロボロと頰へと流している少年の姿がある。

「えっ、えっと。その、友達がいなくなったんだっ――」

俺の質問に対して、少年は一瞬ぎょっとした表情を浮かべたものの、ぽつりぽつりと事のあらましを語り始めた。

「一緒に森に入って……さっきまで一緒だったんだ。でもなんか、急にあいつ、ぶつぶつ変なこと言い出すようになって……、それが気味悪くて俺、逃げちゃって……」

「変なこと、ですか？」

「うん……。なんか、かえるかえるって……」

かえる……蛙？　帰る？　変える？

実際にその発言を聞いたわけではないので真意は定かではないが……それを急にぶつぶつと言い始めたというのなら、何か呪いでもかけられたのだろうか。

……でもこの森には、呪いを使ってくるような魔物は出現しない。

何か別の要因があるのか……はたまた、もともとそんな呪いのようなものを持っていたということか。

「それで、逃げちゃったんだけど、やっぱり心配で、戻ったんだ。そしたら……そしたらあいつ、鎧の人たちに囲まれてたんだよっ!!」

思い出して、驚きか恐怖の感情が蘇ったのか、少年は変に語尾を上ずらせ、言葉の節々に熱をこもらせるのだった。

しかし俺はというと、それを聞いて……なぁんだと安堵のため息を心の中で吐いた。

おそらく、「鎧の人たち」というのはアンシャイネスの護衛の人たちだろう。

きっと様子のおかしい迷子を見つけて、事情を聴いていたか、保護しようとしていたに違いない。

この少年は平民であるゆえに騎士という存在に見慣れていなかったから、鎧をまとう彼らに友人が囲まれている現場を見てパニックになってしまったのだろう。

「……事情はわかりました。少しだけ見当がついたので、それを当たってみます。皆さんはここで待っていてください」

内心で結論をつけた俺は、そう言ってその場を離れる。

茂みに隠れている護衛の人たちに事実確認をしてみよう。

きっとそれで終わる話だ。様子がおかしくなった云々の話は追及する必要はあるだろうが、ひとまずは行方の確保はできるだろう。

「アルクス……」

茂みに入ろうとしたところで、エレオノールがなんとも心配そうな表情でこちらを見つめていることに気が付いた。

うっかりしていた。彼女に伝えないまま持ち場を離れたら駄目だろうに。

「エレオノール様。どうやら彼らの友人が大変なことになっている……ということなので、少しばかりこの場を離れます。本当に少しなので、ここで待っていてください」

報連相はしっかりとしないと、ということでまぁとりあえずざっくりと説明してみせると、彼女はより一層表情をしかめるのだった。

「……」

下唇を甘噛みした、なんだかいじけるような表情。

悲しげに目を伏せって沈黙するも、幾許かそうした後、割り切りをつけるようにフーッと息を吐いて、口を開いた。

「緊急事態……ということですよね。わかりました。それでは……仕方がありません」

エレオノールは歯切れ悪くそう言った。

彼女を放っておいてしまうことになって、なんとも言えない感情を抱いているのだろう、と察しがついた。

「すいません、すぐ戻りますので。どうかここで待つようにしてください」

心が痛まないでもないが、しかし今は仕方がない。

再び申し訳を入れてから俺は茂みの中へと入っていった。

陽光の差さない陰に入ったことで、視界の明度は数段階くらい下がる。

この中で迷子……考えるだけでもなんだか心細くなるな。

はぐれてしまったという子供も、きっとそんな感想を抱いたことだろう。

早期に護衛の人たちに保護されたみたいで良かった。

「皆さんっ、護衛の皆さんッ！　出てきてください！」

エレオノールたちには聞こえないだろうか、というくらいの距離まで来たところで、俺はそう声を上げた。

一応建前《たてまえ》は子供だけで試練を突破する、だから、護衛がいることはバレちゃいけないもんな。

なるべく音が反響してしまわないよう努めたが、しかし返事はない。

何かが動く気配もしない。

「……。アルクスです、アンシャイネスの護衛の方々、至急応答してください!!」

やはり、返事がない。

ただ俺の叫びが木々に吸い込まれるだけ。

なんだ、何をしているんだ？

まさか全員総出で迷子の保護にあたっているわけではあるまい。

十数名以上の人数の護衛がついているのだから、四、五人くらいはすぐ近くにいてもおかしくないだろうに。

しかし現実としては護衛の人たちは、鎧に身を包んだ人たちは姿を現さない。

……いったいどうしたものか。

ひとまずはあの広場へと戻るべきか。

アテが外れた旨を伝えて、本格的に捜索をするか……あるいは一度引き上げるか。どうなるかはわからないけれど一旦はエレオノールのところに伝えに行かなければ。

もしかしたら入れ違いで護衛らが迷子をみんなに引き渡しているかもしれないしな。

そう思い至って、俺は来た道中を振り返る。

……そこには、いっさいの見通しのない、背丈の高い草々による茂みが広がっているのだった。

あれ。

俺って……どうやってここまで来たんだ？

第10章

エレオノール・アンシャイネスの胸中は穏やかなものではなかった。

物憂げに地の一点を見つめる彼女が考えるのは、今しがた彼女を置いていってしまった執事のことであった。

（アルクス……あなたは本当に、誠実で、聡明な人なのですね）

彼女の瞳に、どこか寂しげな色が宿る。

とある平民の子供が危険な状態にあるという可能性を知らされて、アルクスはすぐさま打開策を見つけてみせ、実行に移した。

いったいどのような策を思いついたのかエレオノールには皆目見当もつかないが、しかし即座に対応できる柔軟性と、危険を顧みずに飛び込める勇気と、主従関係や身分などは問わずに手を差し伸べる心優しさ……そんなアルクスの真骨頂とも言える部分を思い知らされた。

少なくとも十歳の子供が、貴族に仕えるその辺の執事がとれる行動ではないのだろう。

（私なんかとは、正反対です）

フッと、自嘲的な笑みをこぼす。

（アルクスの優しさが私以外の人間に向けられてしまうのが……あまりにも苦しい。私を最優先に、私だけにその温《ぬく》もりを与えてほしい。私以外の誰にもその眼差しを向けないでほしい。

ただ、私だけをその美しい瞳で見てほしい)

エレオノールが吐露するのはあまりにも煮詰まった彼への独占欲。

アルクス＝フォートという存在が、彼女にとって巨大なものになっているということの証左でもあった。

幼い頃を共に過ごし、主人と従者という関係になってからは業務時間以外にも様々なことを彼と分かち合ってきた。ゆえにアルクスという人間をよく知っている……だからこそ、彼女の深淵とも言える感情は増大していくのだった。

(わかっていたのに。彼の光が決して私だけに向けられたものではないことを……わかっているのに。どうしてこうも浅ましい感情が湧き出てくるのでしょうか)

アルクスは自分を差し置いて、平民の子供を助けに行った。

優先順位を考えれば妥当なことだ。このまま放置していれば人命に関わる。

貴族の従者としては、主人を放っておくなど言語道断なのかもしれないが、しかしその守るべき対象のエレオノールには幸か不幸か、〝力〟があるのだから。

(……こんなだから、このような忌まわしき力を授かるのでしょうね)

エレオノールの影がわずかに揺れ動く。

生物に恐れを抱かせる魔法。

あらゆるものを縛り、蝕む魔法。

彼への想いが強いためにこんな力を得たのだとするならば、その力のせいで彼が離れていってしまうというのは、なんと皮肉なことだろうか。

この力があるから独占欲が肥大するのか、独占欲が強いからこの力を授かるのか、そんな卵が先か鶏が先かのような話にはなれども、少なくとも今の彼女にはどうでもいい。

(こんなにも浅ましい私を知っても……あなたは私を肯定してくれるのでしょうか)


『それでも俺は、この手を……放さないから』


あの誕生日の夜、彼がかけてくれた言葉を反芻する。

主従関係などの建前は取り払われた、彼の本心を聞けた瞬間であった。

そして、エレオノールにとってあまりにも甘美で優越的な瞬間であった。

あの時、たしかに彼は自分を最大限に認めてくれていた。

……しかしそれは『純真で純潔な彼女が不当に貶められている』という仮定がアルクスにあったからではないか、とエレオノールはどうにも思えてならない。

もし今のような彼に執着する卑《いや》しい自分を知られたら、彼はなんと言葉をかけるのだろう。

(アルクス……)

エレオノールは瞑目し、今は隣にいない彼のことを想うのだった。


「……え、えっと、ねぇ」

そんな折に、ふと彼女にかかる声があった。

弱弱しく遠慮がちな口調な少年。先ほど友人の危険を知らせた少年である。

他の子供たちは大変なことになっていそう、ということは理解しつつも、どこか他人事《ひとごと》で遊んだりなんだりをしている。

だが彼は、事態を知らせたということに責任を感じてか、エレオノールと共に静かにアルクスの帰りを待っているのだった。

「あ、あの子は……大丈夫なのかな」

「誰がですか？」

「さ、さっき、行っちゃった子」

「アルクスのことを言っているのですか？」

「えぇっと……う、うん」

エレオノールは心の中で溜め息を漏らす。

しかし同時に、まぁそう思うのも無理はないのか、と思い改めるのだった。

「大丈夫ですよ、アルクスは……彼は本当にすごい人なのですから――」

そう、彼は凄いのだとエレオノールは噛みしめる。

何か無理難題を押し付けても、少しだけ困ったような顔をするだけで必ず熟してきた。

十歳という自分と同じ年齢なのにも関わらず、周囲の大人に認められ、その大人以上の働きを任されることも少なくなかった。

だから今回も、彼はなんでもないような顔をして戻ってくることだろう。

そして……近頃ずっと観ていた、アルクスの訓練の様子を思い浮かべる。

家に仕える騎士たちと正々堂々剣を打ち合っている光景だ。

何度も何度も剣を振るい、地べたを這いつくばるけれど、しかしそのたびに立ち上がってみせる。そして時には真っ向からの勝負で騎士らに勝利を収めることもあった。

年齢を鑑《かんが》みればこれは偉業だ。

戦闘などの面には明るくないけれど、しかしさすがに自分の家のことだ、我が騎士団の実力が如何《いか》ほどなのかはエレオノールだって理解している。

エリートの中の上澄みともいえるその騎士に勝利を収められるのなら、それはもう実力が本物であると言うほかはないだろう。

それに、彼の強さはこの試練の中でも垣間《かいま》見えた。

アルクスと知り合い、これまで関わってきた中で、彼がハッキリと不可能としたものはほとんどなかった。

魔物と遭遇することは少なかったけれど、しかし遭遇した時は冷静かつ迅速に対処してみせた。

おそらく力でねじ伏せることはできたろうに、エレオノールのことを気遣ってか、臓物や血が飛び散らないような対処の仕方をする余裕すらあった。

そんな彼を脅かすほどのものがいったいどれほどあるのだろうか。

「――ですから、私たちは心配せず彼のことを待っていればいいのです」

エレオノールは胸を張るようにそう言った。

アルクスが他者に注目されることで自分への意識が薄れてしまうのは耐えがたいことではあるけれど、しかしそれはそれとして彼が多くの人間に認められているということはまるで自分のことのように誇らしいことなのであった。

「そう、なんだね。……ふふっ」

ひとしきりエレオノールが語り終えたあと、聴していた少年は呆気にとられたような様子で相槌《あいづち》を打った。そして控えめに笑みを溢すのだった。

「何がおかしいのですか？」

「あ、あぁいや、ごめん。本当にあの子のことが大好きなんだなぁって思って」

「……なっ!?」

エレオノールは妙に甲高い素っ頓狂な声を上げた。

まるでそのまま火でも吹いてしまうかのように顔を紅潮させ、言葉も発さず、いや発せないまま口をパクパクと開閉する。

「きっと君たちはとっても良い友達なんだね」

少年が言葉を続けてもエレオノールの耳には届かない。

彼女が貴族という立場でアルクスとは主従関係であることを露《つゆ》も知らないがゆえの無邪気な発言が、鉄面皮《てつめんぴ》であったエレオノールの調子を狂わせるのだった。

（そう……、そうなのですね。私は……私はアルクスのことが――）

今まで漠然と彼に抱いていた大きすぎる感情の正体を、ようやく理解する。

好意を持っていないというほうが逆におかしいと思えるほどの接触をしてきたというのに、いざ彼への想いを再確認すると含羞の念は尽きないようだ。

「それなのになんだか巻き込んじゃってごめんね。……早く戻ってくるといいな」

「……い、いい、いえ」

少年の声がようやく届いたのか、エレオノールに正気が戻る。

しかし落ち着きを取り戻したかと言われればそうではなく、未だひどく狼狽するのだった。

「今は大変なことになってるけど……僕の友達もとってもいい奴なんだよ。この前だってね――」

彼女の熱意に当てられてか、少年も自身の友人のことを回想する。

村での思い出、ここまでの道のり、たくさんの友人との時間を語る……のだが。

「……あれ、」

唐突に彼は言葉を詰まらせる。

まるで開け放されていた樽の蓋を閉めるように、少年から発せられる言葉の流れは途切れる。

「なんで、なんで……？」

何か信じられないことを知ってしまったかのごとく、少年は頭を抱え、ひどく狼狽した。しかし先ほどのエレオノールとは異なり、彼の肌は蒼白の二文字がふさわしい。

そしてポツリと溢すように少年は呟いた。

「あいつって、誰なんだっけ」

＊＊＊

ミイラ取りがミイラに……というべきか、まさか俺自身も迷子になってしまうとは。と、冗談めかしく悲観したいところだが、今回はどうにも不可解な部分が多く存在する。

振り返った先に道がない。

辺りを見回しても、先ほどエレオノールといた神聖岩を視界に捉えることはできない。あれほどの大きさの岩が目に入らないなんて、いったいどれほど遠くまで来てしまったのだろうか。

それに護衛の人たちの気配もすっかりなくなっていた。

神聖岩までの道のりでは彼らの存在感を察知できていたというのに、休憩を経てから、忽然《こつぜん》とその気配は感じられなくなってしまった。

まさか一斉にストライキしたわけでもあるまいし、集団失踪という見方をしてもおかしくはない。

不可解なことが多すぎて断言できることはあまりないが、しかし少なくとも言えるのは、これは俺がただ単に方向音痴であったゆえ……というわけではないのだろうということだ。

きっと何か魔法的な要素が絡んでいる。

それがいったいなんなのか、何によるものなのかはわからないけれど、しかし何かしらの干渉があるのだろうと推察する。

「……エレオノールたちは大丈夫なのか？」

脳裏によぎるのはそのことだ。

俺だけピンポイントに魔法にハマったなどと希望的な観測はできない。

同じ場所にいた以上、彼女らに何かしらの危害が加わっていたとしてもおかしくはないのだ。

そのためにも早くこの状況を脱さなければならない。

……のだが、いったいこの魔法が幻覚を見せる魔法なのか、結界か何かに閉じ込める魔法なのか、判断をつけることは難しい。

迷子にさせる魔法なんてゲーム中でもこの世界に生まれ落ちてからも見聞きしたことはないもので。

とりあえず辺りを調べてみるしかないか。

……そう思い至り、行動を開始しようとしたところで、ふと前方の視界に草木ではない真新しいものが映るのだった。

「……こども？」

背丈にして俺と同じくらい、先ほどの子供たちのような民族的な衣装を身にまとっており、顔立ちは陰に隠れて読み取れないがおそらく性別は男だと思われる……そんな人物がそこにはいた。

呆然というふうにポツンとポカンと佇んでおり、いったい何を考えているのかわからない。

そもそも、俺が言うのもなんだけど、こんな森の中で独りでいる子供なんて異常以外の何物でもないのだ。

「……もしかして、君が迷子の子……だったりする？」

恐る恐る俺は尋ねてみる。

名前や見た目くらいは彼らに尋ねておくべきだったかもしれないと今になって後悔するが、しかしそれはあまり意味をなさないのだと、次の瞬間に悟る。

「キヒャッ」

金属をすりつぶすような、不快感を煮詰めた音が子供から発せられる。

その刹那、子供は口が裂けるほどに口角を吊り上げ、ギッギッギッと、まるで滑りの悪い歯車のような動作で首を傾けた。もはや首と頭が垂直になるような、到底首が無事では済まないような角度。


……コイツは、人じゃない。


「【スマッシュ】」

攻撃するのに、躊躇はしなかった。

それくらいの確信だった。

左手を突き出し、瞬発的に魔力を込める。

手の前で螺旋《らせん》を描くように光が集束し、球体が形作られる。

魔力を固めてぶつけるという、シンプルな攻撃魔法。

瞬時に出せるありったけの魔力を出力してできたソレは、キラキラとした光の尾を引きながら、超加速度をもって射出された。

威力を俺の独断と偏見で例えるなら、ダンプカーを最高速度で走らせたくらいの力を持っている。

普通の人間にぶち当たれば一瞬にして物言わぬ肉塊になることだろう。

前方の子供……いや、もはや人間ではないあの存在は避ける素振りを見せるでもなく、そんな威力の魔力の塊をもろに受けた。

ぐんにゃりと歪むヤツの体。

まるでスライムというか、骨を抜き取られたようなふにゃふにゃな人間がそこにはおり、後ろの大木に叩きつけられてへにゃりと項垂れた。

……倒した？　そんな考えをよぎらせる間もなく、奴は動きを見せる。

ヌラリと動く奴の手。

先ほどまで見た目の子供相応なずんぐりむっくりであったその手は、まるで鞭のようにしなやかに、限りなく細く、そして通過したものをことごとく切り裂いてしまうのではないかというほどに鋭利な形へと変形した。

およそ生気を感じさせない漆黒に染まっており、異様な圧を感じさせる。

その一方で、視界の真ん中に捉えようとするとむしろ朧げになっていくような、形容しがたい奇妙な存在感を放っていた。

唐突に繰り広げられるその光景に対して、俺は動揺を隠すことができない。

そしてその一瞬が、命取りになるのだろう。


次の瞬間、俺の視界はこちらを目前とする鈍色の剣閃を捉えた。

「うわあああ!?」

それが俺を切り殺さんとする斬撃だと悟った瞬間、俺は体をひねって飛び退いた。

もはや反射と言ってもいいだろう、本能的に当たったらマズいと判断した。

そしてその判断は、どうやら正しかったらしい。

放たれた黒色の影は俺のいた場所を通過したのち、背後の木々をまるで抵抗を受けずに切り裂いた。

遅れて、突風が身を襲う。

枝木、葉が吹き荒れ、ざわざわと喚き立つ。

さすがに風圧は躱せない。

なんとか体を低くし、地面を転がりながら風圧をいなした。

……物体を難なく切り裂く斬撃を、突風を巻き起こすほどの威力で一振り、か。

なんだこいつは、化け物か？

剣と魔法の世界とは言うが、さすがにここまで段違いに圧のある魔物はそう多くない。

ましてこんな弱小モンスターしか出てこないような森では、到底お目にかかることはないだろう。

しかし現実としてそんなバケモノと、この森で遭遇してしまっている。

いったいどうしてこんなヤツがいるのだ。

事前に読み漁った資料にはなかった。

数十年にもわたる情報の集積を超越したイレギュラーが今ここで起きるなんて……いったいどんな偶然なのだろうか。

まさか何か作為的なモノが働いているのではないだろうか？

頭を回転させても答えに近づくことはない。

こうしている間に近づいているのは、ただ、色濃い死の予感だけだ。

奴の腕が再度ヌラリとブレる。

また、あの斬撃が来る。

瞬発的に剣を抜いた。

それとほぼ同時に剣閃がこちらを襲う。

……何度も練習してきたパターン。奇襲や突然の攻撃に対応するという、死なないように訓練を激しくしたあとは特に想定してきた状況。

「ハァッ!!」

雄たけびを上げながら、俺は剣を振るった。

ガキンッという金属音と火花を散らしながら、迫りくる斬撃は弾き返される。

魔力を込めた剣にかかれば、先ほどバターのようにあっさりと一太刀にされた大木のようにはいかない。

おそらく力量的には拮抗《きっこう》しているのだろう。

となれば、戦況を分けるのはいかに先に相手を崩せるか、だ。

地面を蹴り上げ、急加速。

化け物の懐《ふところ》へと飛び込んだ。

「【グラン・ブレイズ】ッ!!」

瞬間、俺は声を張り上げるようにそう唱える。

烈火を巻き起こす魔法。

ゲームシステムでも上位に設定されている攻撃魔法である。

大きく抜いた剣が螺旋を描くように燃え盛る炎を纏う。

爆裂と言ってもいい。

暴力的な炎が鬱蒼とした茂みの中を照らした。

この森の中であまり火は多用したくないが、しかし今の状況で最高の威力をぶつけるにはこれしかない。一撃で決めるのだ。

「ギッ、キッ、イッ」

化け物は奇怪な声を漏らす。

一切の感情はそこから読み取れないが、しかしなんとなく異様な寒気を感じさせるものだった。

「ウオオオオオ！！！！」

怯まず、そして怯まないようにしないため、俺は雄たけびを上げた。

発生した爆裂によって急激に速度を増した刃を振りぬく。

その軌跡を火炎が追従し、同時に、頭と体が泣き別れたという化け物の状況を判然と照らしあげた。

子供の容姿をした頭部が宙を舞う。

胴体は炎に呑み込まれて火だるまのようになり、炎の中に頭のない黒い人影が映るという結果になった。

「……やったか？」

バックステップで距離を取りながら、俺はあの化け物の動向を探る。

頭と体が二分されるという普通の生物なら到底生き残ることはできない状況。

仕留めたと一息吐いても許されるのだろうが……しかしなんというか、手応えがない。

やった、という感覚が剣を握る手に感じられない。

ただ感じられるのは……まるで髪を引っ張り上げられるような、なんとも言えない不快感と違和感のみ。

そして俺は、その感覚から今から何が起こるのかということを察知しなければいけなかったのかもしれない。

「か、……ぇ。ぅう？　ルぅ？」

炎が空気を焼き尽くす音の隙間に、そんなふうな……まるで子供の寝言のような声が聞こえてきた。

そして、耳からのその情報を咀嚼し、理解しようとするにはあまりにも時間が短すぎた。

「――!?」

刹那、空気が変貌する。

その感覚に遅れて、急激な風圧と火傷《やけど》するような熱が顔……体全身に襲いかかった。

再び自然の群衆がガサガサと騒ぎ始める。

「つぅ！」

熱と圧に小さくうめきながら、視界を潰されないよう腕で守る。

いったい何が起きている。

確認しようと前方へ目をやるが、ひどい熱波で直視できない。

周囲が落ち着きを取り戻し、炎の熱が消えたあたりで、ようやく視界に安定が戻る。

そして目に飛び込んでくるのは、あの燃え盛る炎の跡。

何があったのか。

何もなかったのだ。

ただ、どこまでも黒ずんでいる地面があるのみ。

消えた……？

どこに？

死んだのか？

そんなあっけなく？

連綿と思考がつながれる。だからか、俺は次のアクションにワンテンポ遅れることになったのだった。

「っ!?」

不意に、後方にてただならぬ存在感を感じる。

急いで振り返ったときにはもう遅い。

「うわァッ!?」

声を漏らしながら、俺は何者かによって組み敷かれる。

ガッチリと地面に押さえつけられているようで、身動きひとつとることはできない。

「くっ……【グラン・ブレイズ】――」

何者かはわからないが、この押さえつけてくる奴をどうにかしなければどうにもならない。

もう一度爆裂の魔法を唱えようとして、視界にその者を収める。

そして俺は詠唱の文言を途切れさせてしまうのだった。

「……なんで、あなたが……あなたたちがッ!?」

精一杯言葉にできたのは、そんな驚愕を表したもの。

なぜなら俺の首根っこを掴んで押し付けている者は、鎧を身に纏う者……アンシャイネスの騎士にして此度《こたび》の護衛の者であったから。

俺を押さえつけている一人と、他三人。

彼らの手には刀身が露わになった剣が握られており、それがいったい誰に向けられているかと言えば……。

次の瞬間、俺の視界に映るのは今にも振り下ろされんとする刃。

一切の迷いなく俺の首を断ち切ろうとしている。

「……っ、【グラン・ブレイズ】ッ!!」

先ほど中断した魔法を、今度は最後まで発動しきった。

瞬間、俺と、俺を取り囲む鎧の者たちとの間で爆炎が炸裂。

そのおかげで土を喰らわされている状況から脱却するのだった。

しかし、そんな至近距離でこんな魔法を使えば俺とて無傷でいられるわけではない。

「あぐっ……！」

爆破の衝撃によって、俺は樽みたいに地面をゴロゴロと転がる。

肥沃で湿った土の上であるため擦り傷はできなかったが、全身を打ち付けられたような痛みと蝕むように焼け付いた痛みが体を占拠する。

しかし呑気に悶えている暇はない、すぐに体を起こし、回復の魔法をぶつぶつと唱えながら、俺を縛っていた彼らの様子を窺った。

鎧越しとはいえ爆発をモロに喰らったからか、ぐったりと地面を転がっている。

それによって先ほどまでハッキリしていなかった姿が判明し……その視界の情報によれば、彼らのマントにはたしかにアンシャイネス家の家紋が刻まれているのだった。

……なんで、こんなことになっている。

どうして彼らは俺を襲ったんだ。

まさか唐突に謀反《むほん》を犯したわけではあるまい。

となれば、先ほどの行動は外因的なものなのだろう。

……そう例えば、何者かによって操られている、だとか。


「イ、カエル、エル、イイ？」

奇怪な声がする。

そちらに目を向けてみれば、先ほど俺が首を跳ね飛ばしたはずの化け物が、意地の悪い子供の顔をつけて立っているのだった。

「……なんなんだよ、お前は」

地面に転がった剣をもう一度握り、奴へ刃先を向ける。

まさか洗脳系の能力を持つとは思わなんだ。

意思を強く持っているであろう騎士らがあんなにいいように使われているのだから、おそらく相当強力な催眠能力を使っているのだろうと推測する。

ここまで護衛の人たちの姿が見えなかったが、もしかしたら全員奴の手に堕ちてしまったのか？

……それはないだろう、と楽観視はできない。

果たして俺にあんな化け物が止められるのだろうか。

「……っ!!」

そんなことを考える暇は与えてくれない。

子供の姿をしただけの化け物がこちらへと突進する。

およそ通常では考えられないような速度をもって。


「【ウィンド・ブレイド】ッ」


空に剣を薙ぎ払うと、鋭利で暴力的な突風が巻き起こった。

風の刃をつくる魔法である。先ほどの炎魔法が効いてないようであったから趣向を変えてやったのだ。

草木を、空気を、切り裂いて刃は進んでいく。しかし肝心の奴に当たることはない。

子供はガクンと横にそれた、直進してこなかったのだ。

まずい、接近を許した。

次の攻撃は……などと逡巡する俺の横を、高速な何かが横切る。

「なッ!?」

超常的な速度で、化け物は通り過ぎて行った。

何が起きたのかすぐには察することができなかった。

(逃げた？)

横切って、去って行って。あの先には……。

どくりと胸が鼓動する。

すぐに俺は踵《きびす》を返して、奴の向かったほうへと走りだした。

まずい、あっちはまずい。

あの方向は、神聖岩……子供たちが、エレオノールがいるところだ。
奴はそこへ行って、何をするんだ。
……魔法でやれるだけ加速する。
心身ともに、嫌な汗が張り付いていた。

第11章

「『あいつは誰』って……どういうことですか？」

エレオノールは、眼前にて頭を抱える少年を見下ろした。

打ち震えるように体を小刻みに揺らしており、肌も血の気が引いているようなものだ。

先ほどまで悠々と友人について語っていたというのに、唐突にこうなったものだから彼女は奇妙そうに少年の表情を覗き込んだ。

「わかんない。わかんないんだ。あいつの名前も、顔も思い出せない」

「思い出せない？　先ほどまで一緒だったのでしょう？」

「そうだよっ、昨日もずっと一緒にいたはずなんだっ！　なのに……なのに何も思い出せない……」

錯乱気味に声を上げる少年を見て、エレオノールは表情をより一層怪訝そうにした。

急に友人のことを思い出せなくなったなどという不可解なこと、誰が納得できるだろうか。

しかし少年自身もそれは同じ、ゆえにこの錯乱の度なのだろう。

「では、うわ言を呟くようになったり鎧の者に囲まれたりしていた……というのは、すべて偽りだったということですか？」

「いや、まさか……たしかに僕は見たんだ。見たはずなんだよ」

半ば詰め寄るような形でエレオノールは迫った。

少年は追憶するような仕草を見せるが、みるみると血相を変えていくのみ。

この必死さを見るに、ただの妄言などといったものではないのだろう。

しかし事件の中心にいる友人については何も思い出せないという不可解さ。

……おそらく、これは少年の気がおかしくなっただとか、そういう類《たぐい》の話ではない。きっと、何か強大なものが働いている可能性がある。

(……アルクス)

その結論に至った時、エレオノールが案ずるのは彼のことであった。

姿を消した少年の友人を救出するためにこの場を離れたアルクス。しかし少年の記憶からも姿を消した今、その〝友人〟に何か怪奇的なものがあったとしても不思議ではない。そうなると、アルクスにも危険が迫らないとも言いきれないわけだ。

(いいえ、彼なら……アルクスならきっと、何気《なにげ》ない顔で帰ってきます)

言い聞かせるように彼女はそう胸中で呟くが、しかしそれゆえに、耳に飛び込んできた情報に彼女は眉をひそめることとなったのだった。

「あーっ！　来たーっ！」

「お前どこ行ってたんだよーっ！」

「他の子が捜してたよ」

「迷子か？　だっせーなぁ！」

子供たちの驚きの声。

活気が溢れているその渦中には、とある一人の少年の姿があるのだった。

「……あ、あの子だ」

記憶の消失に打ち震えていた少年がそちらを見てポツリと呟いた。

「あの子が、僕の……友達」

「え？」

エレオノールと少年が顔を見合わせた。

友人であるという、かの少年はニコニコとした微笑みを表情に張りつけて、子供たちに囲まれていた。観察してみても特にこれといって不審な点が見つかるわけではない。

しかし、待ちわびていた少年の顔に困惑や懐疑の念が消えることはなかった。

そして、エレオノールについても納得のいかないような感情が表情に表れている。

彼の姿が、ない。

行方不明だった彼を連れ戻してきたのかと思われたが、しかしそうではない。

捜しても見回しても待ち焦がれていた執事の姿はなかった。

「どこに行ってたんだよっ！　捜してたんだからなっ!?」

「ま、これでうちの村全員終わりかな」

「はぁあ、じゃあもう帰るか」

同郷の者たちで盛り上がっている最中、エレオノールたちはポカンと、ポツンと、その様子を眺めることしかできない。

次々と発覚していく不可解なことに言葉を失うしかないのだった。

「――」

そんな折に、ふと、子供たちに囲まれる少年の視線がエレオノールらのほうを向いた。

ニンマリとした、ある種の異様さを醸し出すその少年は、ゆっくりとした足取りで集団を抜け、彼女に近づいていく。

「な、なぁ。心配……したんだからね？」

エレオノールの隣で座りこんでいた少年が、立ち上がって友人に言葉を投げかける。しかし〝友〟はそれに耳を傾ける様子もない。ただまっすぐにこちらへと近づいてくる。

「お、おい。なんか、言ってよ」

たまらず少年は友人へと駆け寄る。

そこでようやく彼は歩みを止めて、じっと対峙する少年のことを見つめる。

そして、無言でそっと右手を差し出してくるのだった。

「……どういうこと？」

意味ありげに沈黙する中で唐突にそんなことをするものだから、少年はそう尋ねざるを得ない。

しかし、握手か何かのアクションなのだろうか……という自己完結に至った少年は、恐る恐るというふうにその手を取ろうとする。

――その刹那。


（……あ）


腕がブレる。

おそらく、注意深く見ていないとわからないというくらいには些細な動作だった。

遠巻きに見ていたエレオノールだけが、この場の中で唯一それを知覚する。

しかし何ができるかと言われれば話は違ってくる。

ただ、今から普通ではないことが起きようとしている、という漠然な予感を得るだけで、手と手が触れ合うその瞬間を眺めることしかできなかった。

そこで。


「ソイツに触るなッ！！！」


切羽詰まった叫び声が上がった。

全員の動きが、びくりと止まる。

その静寂の中で、唯一アクティブに動いていたのは、視界に入ってきたその声の主であった。

「アルクスっ……!?」

待ちに待っていた彼は、茂みから大きく飛び出し、握手を求めていた少年の頭に強烈な飛び蹴りを食らわせた。

そしてそれと同時に、その少年から、何か黒い影が岩のほうへ飛ばされる。

それが、強烈な黒い斬撃であるということと、それによって神聖岩が両断されたということをこの場の全員が知ったのは、そのすぐあとであった。

＊＊＊

「うわあああああ!?　何、なんだ!?」

「岩、岩が割れて…っ!?」

案の定《じょう》、子供たちはパニック状態だった。

まぁ、突然行方不明だった友人が現れ、何をするかと思えば背後の巨大な大岩が破壊されたのだから無理もないだろう。

……ギリギリ、本当にギリギリだった。

一秒遅れていたら、真っ二つになっていたのは岩でなく、この場の全員だ。

少年たちも、エレオノールも全員……。

そう考えると背筋が凍る。

だが、もうひと安心というわけでもない。

依然として奴は、健在なのだから。

「全員この場から逃げろッ!!　とにかく、とにかく遠くに行けッ!!」

パニックで騒ぎたつ彼らに負けない声量で、俺は声を張り上げた。

化け物はもう起き上がろうとしている。

猶予はない。

剣を構え、奴に向かって突進する。

「ど、どうなってたんだよ……」

「あ、あいつ。どうしたんだよっ!?」

しかし少年たちにも、現実を受け止める余裕はなかった。

当惑した表情を浮かべて、その場を動くことができない。

「【グラン・ブレイズ】」

逃亡への誘導は無理そうだ。

発破をかける余裕も、質問に答える余裕もない。

剣に炎を滾らせ、起き上がろうとする化け物を切りつける。

だがもちろん、そのまま無抵抗で受けてはくれない。

目の前の子供の両手が不定形に歪み、黒く染まった刃のような形へと変貌する。

ソレと俺の火炎の斬撃が切り結んだ。

ギリッと奥歯を噛んで、サイドステップで奴のもう片方の手による斬撃を回避する。

次の行動は相手が先だった。

刃となった両手をこちらに構え、地を這うほどの低姿勢で接近してきた。

異次元的加速。よけることはできない。

燃え盛る剣で正面から受ける。

(重いッ……！)

強烈な衝撃が手元から全身へと伝播する。

火炎と漆黒の刃が反発しあい、小規模な爆発を引き起こす。

「グっ」

この小さな体では耐えきることはできず、俺は反動で後方に吹っ飛ばされることとなった。

空へと投げ出されたら命とりなため、なんとか足で地面を抉りながら勢いを殺す。

だが、奴もそれで終わってはくれない。

反動などないかのようにそこへ留まった奴は、地面をクレーターが形成されるほどの力で蹴り上げ、こちらへと肉薄する。

「【スマッシュ】！」

衝撃を食らってしまった剣を握る右手では間に合わない。

左手で魔力の弾丸を形成し、ありったけの速度でぶっ放した。

直撃した相手の左肩が千切れる。

しかしモリモリと黒いものを盛り上がらせながら、またもや鞭のようにしなやかで、鋭い刃の腕を生やすのだった。

振り下ろされたもう片方の手による斬撃が、俺の体を切り裂く。

防具なんてあっさりと貫通し、鮮血が噴き出す。

なんとか致命傷ではないが、それだけだ。

痛みに顔をゆがめながら身をよじって横へとそれる。

「アルクスっ！！！」

同時、号哭《ごうこく》に近い声をエレオノールはあげた。

チラリと彼女のほうに視線を向ける。

平民の子供たちは状況を理解し始めたのか、パニックになりながらも逃げだそうとしている。

しかしエレオノールは俺の身を案じているようで、壮絶な顔をしながらこちらを見つめていた。

「【グラン・ブレイズ】ッ」

火力を上げて、相手の追撃を防ぐ。

それでも受けきれず、黒の刃が俺の頬を切り裂く。

「逃げろッ!!　ここは俺が引き留めるから、エレオノールはできるだけ遠くへ行くんだッ!!」

「でも……でもっ、そんな！」

今にも感情が溢れ出てしまいそうな声色で彼女は言う。

……くっ、どうする。
コイツは倒せそうにない。かといって逃げるわけにもいかない。
そうしたら次の標的はエレオノールたちだとわかりきっている。
しかしこのまま戦って、明らかに最初に倒れるのは俺だ。
倒れたらどうなる？

……おそらく、本編でのエレオノールの幼馴染の墓場はここだ。
ここで生き残れるかどうかなのだ。
そして今、俺もまさに同じ末路を辿ろうとしている。
むざむざ俺は殺されて、この世界は本編通りのシナリオで動き出す。
結局……無理なのか？
俺には変えられないのか？
やはり今までのすべては無駄で、彼女を守れずに死ぬのか？

下唇を噛みしめる。
涙が出そうだが、それで視界を奪われてはたまらない。
だがそのような思考と攻撃の対処に、少し意識を奪われすぎていたのかもしれない。

「っ!?」

剣戟を繰り広げる間に、化け物の表情が歪む。

笑みだ。

子供の体であるというのに愛嬌なんて微塵も感じられぬ、どこまでも邪悪な笑顔が張りついていた。

意図を掴みあぐねる。

そんな俺に理解させるように、向こうで叫び声があがる。


「うわぁ、な、何っ!?」

「こ、怖いよ……誰っ!」

「ちか、近づくなよぉ!」


そこには怯えたように声をあげる少年少女たち。

そしてそんな彼らを取り囲む、鎧の軍団の姿があった。

ぬらりと意思を感じさせない立ち姿の戦士たち。その手にはアンシャイネス騎士団の剣が握られている。

「まさかっ!?」

コイツ、護衛を操って彼らのことを……!?

一人や二人じゃない、姿の見えない者もいるが、おそらく騎士団の全員が奴の手に堕ちている可能性が高い。

どうする、この距離では間に合わない。

それに向こうへ意識を割けば、今度はこの化け物に俺がやられる。

こんなの八方塞がりではないか。

「ひっ……」

引きつるような恐怖の声。

声の主はエレオノールであった。

彼女もまた、護衛の騎士たちに取り囲まれている。

騎士たちはおよそ主人に見せるべきではない敵意を醸し出しながら、生気のない様子で突っ立っている。

忠誠を誓う相手を前に理性が戻るという展開に期待したかったけれど、それももう無理そうだ。

このままいけば、彼らはその凶刃を主に振るうこととなるだろう。

「エレオノールっ!!」

彼女の名を叫びながら、俺は剣を握っていない手に魔力を込める。

俺の安全は度外視だ。せめて彼女だけでも助けなければ。

伸ばした腕に光が集束する。できる限りの速さと威力を込めて、それを射出しようとした。

その時であった。

世界の明度が、反転する。

同時に、魔法を放つために突き出した手に、何かが絡みついているのに気づく。

黒の触手のような魔力。


「【――――――――――】」


耳を貫くような高い音。

それは金属音のようでもあったし、少女の叫び声のようでもあった。

(あぁ、これは)

すべてを悟る前に、俺の思考は真っ白に染まった。

＊＊＊

「ハぁ、……ハぁ」

少女は、肩で呼吸をする。

我武者羅《がむしゃら》だった。

ただ、彼を……アルクスを助けなければ、という一心だった。

この忌まわしき自分の力を開放するのは、ここしかないと思った。

周囲は、真っ黒く染め上げられている。

彼女の触手のような魔力が、張り巡らされているのだ。

人を傷つけ、縛り、殺めるとされる……邪悪の固有魔法《セレスティア》が。

草木を、大地を。

儀式に参加していた少年少女たちを、操られた護衛たちを、少年の姿をした化け物を呑み込んで。

そして、アルクスのことも例外ではなく。

＊＊＊

「かっ……――はッ」

呼吸ができない。

もがくように地面に爪を立て、のたうち回る。

吸い込もうとしても妙な声が漏れるだけで、空気が肺に入ってこない。

「うう、い、うぃ……【ウィンド】っ……」

風を巻き起こす魔法で、無理やり酸素を送り込む。

激しくむせるし、あまり意味もないような気もするが、それでも続けていったのちに息を止める。

何度か失敗しながらも、震えた脚で立ち上がる。

その過程で、全身に絡みついた触手を振り払いながら。

……これは、エレオノールの魔法だ。

まともに食らって思い出したけど、ゲーム中のラスボス戦で、使用していた魔法だった。

彼女の代名詞……とはいかないまでも、特徴的な演出とその効果によってよく知られている。

画面を黒く反転させる演出と共に、真っ黒い触手を繰り出して、全体へ攻撃するというもの。

そしてその威力が尋常なものではなく、なんの対策も味方の強化もしていなかったら、ほぼ一撃で吹っ飛ぶほどだ。

……なんでか、今の俺は生き残っているけれど。

辺りを見回す。

すべてが黒の触手で満たされている。

色が違えばミミズが世界を這っているかのような光景だ。

そんな真っ黒なミミズたちの中に、ポツンとへたり込んでいる少女が目に入る。

(エレオ、……ノール)

覚束《おぼつか》ない足取りで彼女のもとへ向かう。

しかしやはり、足元が悪いせいで、グラリと体勢が崩れた。

「アルクスっ……」

だが、地面には墜落しない。

俺は彼女に……エレオノールに抱き留められ、支えられていた。

「エ、レ……」

「アルクス、私……、私っ」

そう声を潤ませる彼女の瞳には、光が灯っていなかった。

まるで全体を漆黒に塗りたくったかのような、一切の白も光もない眼球が彼女の眼窩に収まっている。それが彼女の固有魔法《セレスティア》の影響であることを理解した時、俺は何も言うことができなくなってしまった。いや、もともと言葉を紡ぐことは叶わない状態であるのだが、なんと声をかければよいのかという考えさえ消えてしまったのだ。

だから、せめて。俺も抱き返そうとした……その時に。

彼女の後ろで、影が揺らいだ。

（なッ――――）

心の中で、驚愕の声を漏らした。

奴が動き出していた。

絡みついた黒い触手を鬱陶しそうに振り払いながら、化け物は立ち上がっていた。

アイツ、まだ生きてたのかよっ……！

いや、俺が生存できている時点でゲームほどの威力は発揮されていないことは察するべきだったか……？

察したところで、何ができていたのかは疑問ではあるが。

しかし、まずい。

エレオノールは背後の存在に気づいていない。

呼びかけようにも……声が、出ない。

喘《あえ》ぐような息を漏らすだけで、音にならない。

その間に、奴の腕は高速でブレる。

あぁくそ、やっぱりか。攻撃するよな、そりゃあ。

まずいな、どうする。

魔法で迎撃するか？　……いや、意識が散漫になってるから、そんな素早く放てない。

じゃあ避けようか、となっても、満身創痍のこの様《ざま》だ。

彼女を抱えて横に跳ぶ余力はない。

……もう、仕方がない。

目の前の彼女を力任せに引っ張り、覆いかぶさった。

「ぐっ…アあ」

結果もちろん、斬撃が俺の背中をバックリと切り裂いた。

激烈な痛みについ力《りき》んでしまい、俺に掴まれたエレオノールは少し苦悶の表情をみせる。

しかしまだ、何が起きているのかわかっていないようだった。

「アルクス……？　ねぇ、アルクスっ!?」

身体を支える力が入らず、縋るように俺が倒れこんだ時。

状況を理解したのか、錯乱気味に彼女は叫んだ。

「なんで、なんで。そんな……」

倒れこんだ俺の手を、彼女はギュッと、もはや祈るように握った。

「泣、かないで……、くださいよ……そんな、に」

「だって。だって……こんなに血が……！！」

エレオノールの涙が、俺の頬に滴る。

視界に映った彼女の手は、べったりとした紅に染まっていた。

全部俺の血か、そんなに出ているのか。すごいな。

なんて、どこか他人事のように感じられてしまう。

「私のせいで。私のっ、せいで……」

「違い……ますよ。あなたのせいでは」

「いいえっ。私が……私が全部悪いのですっ!! 私が、こんな魔法を使ったから……こんな力をもってるから……。何もできず、呆けていたから……アルクスは……っ！」

「……違います……ぅん、違うよ、それは」

慰めでもなく、本心で言った。

彼女の背後を見やる。

化け物はまだ、黒い触手に阻まれていた。

張りついたような鉄仮面や笑みではなく、苦悶の表情を浮かべて。

正直あのままやりあっても、こちらが劣勢であったと思う。その状況にメスを入れこんだのは紛れもなくエレオノールなのだ。

彼女を闇に堕とさないようやってきたっていうのに、彼女に助けられるなんていったいどんなお笑いだろうか。

しかも危うく死にそうになるなどという……彼女の闇堕ちさえも実現するところだなんて。

「そんなに、自分を……責めないでっ。言ったでしょう？　この、前に」

ゆっくりと起き上がり、彼女の手を握りながら立ち上がる。

立ち眩《くら》みがひどく、風見鶏《かざみどり》みたいにふらふらと揺れるがなんとか起立する。

「俺は、この手を、離さないから。だから、今ここで……死ぬ気もないし、君を突き放して……ハぁ。君の力を否定することも、ない」

息も絶え絶えに言葉を紡ぐ。

地を踏みしめる足もグラグラと安定感がない。

しかし目線だけはたしかに、彼女の、涙で濡れた瞳を見据える。

「むしろ、君の力は、何も悪くないんだから……さ」

握った手の、指を固く絡ませる。

強く、確かに、ほどけないように。

「っ、でも……私の魔法が、なければ。アルクスも……、他の皆様も傷つかずに済んだ……のにっ」

「そんなの、わからない。あのままズルズルと戦ってたら、たぶん負けてたさ。そしたら、みんな傷つくどころの騒ぎじゃなくなる」

まわりを見る。

たしかに、黒い触手の海には子供たちも沈んでいた。

……正直、生死はわからない。

だけど、消耗している俺が生きて、同じくあの化け物が生き残っているなら、死んだと断定することはできない。

だから、彼女が責任を負う必要なんかないんだ。

「それに俺が倒していれば、こんなことにはなってないんだ。むしろ、全部……俺が悪いんだ」

「なっ、そんなこと……！」

「あるよ。俺がもっと強ければ、強くならなきゃいけなかったのに」

三年前、エレオノールを救おうと決意して、今までやってきたことを振り返る。

もっとやれてたんじゃないか。

最初から強くなろうとしていれば、今こうして死にかけたりなんてしてないはずだ。

俺が、甘かったんだ。

「ハぁ…、——。ごめん。弱くて」

咳払いをする。

喉の奥のほうで鉄の匂いがする。どこか内臓をやったのか。

傍らにあった剣を拾う。

危うくそのまま倒れそうになったが、なんとか踏ん張った。

「ま、まだ……戦うのですかっ……!?」

「うん。もう、君に嫌な役目を押しつけない。だけど、……少しだけ、力を貸してくれ」

握る手を強めた。

温もりを放さないように。

きっともう一度この黒き魔法を放てば、奴を倒すことはできるだろう。

しかし今のエレオノールでは、もうそんなことはできない。

そして俺自身が、そんなことはさせない。

彼女の負い目は俺が引き受けよう。

「【――――】」

魔法を唱えた。

ただの魔法じゃない。

俺の……固有魔法《セレスティア》だ。

刹那、世界が光り輝き、同時に黒く塗りつぶされる。

正直あまり使いたくはなかったけれど……そんなことを言っている場合ではないからな。

それに、踏ん切りがついたのだ。エレオノールが闇へと堕ちないために……破滅を迎えないために、どんな負担もデメリットも受け入れようではないか。

目の前の化け物を見据える。

輝きに呑まれて、何が起きているのかわからないという様子だ。

……お前も、派手にやってくれたもんだ。危うく、ここで死んでしまうかと思った。

ま、体の限界はすぐそこまで来ているんだけどな。

だからここで悠長にしている場合ではない。

終わりにしよう。

「【ブラック・ウィドウ】」

俺の足元から、触手のような黒い影が蠢いた。

＊＊＊

気づけば俺は、どこかの屋内のベッドの中で眠っていた。

「知らない天井だ……」なんて言ってみたくなる状況だが、生憎《あいにく》……いや別に何も悪くないんだけど、とにかく天井に見覚えはあった。

アンシャイネス家の屋敷の天井だ。

ゆっくりと体を起こす。

「～～っ……!!」

全身の関節という関節がひどく痛む。やすりがけされてるみたいな痛みだ。

と、同時に、まぁそりゃそうだよな、と言いたくなるような己の有り様が視界に映る。

俺の服はすっかり剥かれており、その代わり……と言えるくらいには全身が包帯で覆われていた。

指先までしっかりと包まれており、ゴワゴワとした感触が皮膚をくすぐる。

だいぶ重傷患者なようだ。でも俺にとっては、重傷なだけだ。

わなわなと小刻みに体が震える。

もはやそれだけでも痛みを覚えるが、しかし今ばかりは抑えようもない。

肺にたまっている空気をたっぷりと吐き出しながら、俺は部屋中を見回した。

俺の部屋ではない。

窓の向こうを見る限り、今は夜明け前のようである。

しかしすでに太陽が顔を出し始めているようで、かすかな陽光が、ほの暗いこの部屋の中を照らしていた。

視線を下へ向ける。

俺が体を沈めているベッドの上で、黒髪の少女が頭を乗せて小さく寝息を立てていた。

俺はほとんど無意識的に、その少女を撫でる。

ゴワゴワとした包帯の感触の先に、涙が出そうなくらいに温かく、柔らかい感覚があった。

俺はもう一度深く息を吸う。

そして、溢れてもなお余るほどの感情を吐き出すのだった。


「……生きてる」

エピローグ

あのあとどうなったかについての記憶は、ぽっかりと抜け落ちてしまったかのように覚えていない。

無理やり魔法を行使したことによる頭痛と、背中にバックリとつけられた傷と、その他諸々《もろもろ》節々《ふしぶし》の痛みのせいで気を失ってしまったのだろう。

事実、大変なことが起きていると駆けつけた者らの話によれば、死んでしまったかのように俺は倒れていたようだ。まぁ、あの時の俺は血だらけで全身蒼白であったことだろうし、見れば誰でもそう思うだろうな。

しかし結果として、俺は生き延びた。

生き延びているのだ。

おそらく本編では命を落としていたであろう場面を乗り越えることができたのである。

その事実だけで歓喜に打ち震えそうになるところだが、しかし今はそれはそれとしておこう。

俺が気絶したあとの事の顛末は、それはそれはドタバタなものだったらしい。

情報を分析した専門家の話によれば、俺たちを襲ったあの化け物はゴーストの類であろうとのこと。

ゴーストといえばその名の通り幽霊のことで、「恨めしや〜」のアレである。

ゲーム本編では取り立てて目立ったシーンはないけれど、ルートによっては舞台装置としての役割を大いに担っていた覚えがある。

さて、そんなこの世界におけるゴーストだが、俺たちが対峙したアイツはおそらくあの森で死んだ子供の無念が具現化したものだろう、というのが専門家の見解であった。

怨念や未練によってゴーストは発生する。自身を構成する「孤独に死んでしまった寂しさ」という感情を紛らわすため、人間の子供に取り憑《つ》いてみたり化けて暴れてみたりするらしい。

試練の儀式を行う場所では、まま見られるようだ。

儀式の最中に命を落とす子供もいないとは言えないゆえのことである。

……しかし、一般的にそのようにして生まれたゴーストは、脅威にならないほどの弱さであるらしい。

言い方は悪くなるものの、儀式の最中に命を落としてしまうような子供が由来して誕生するため、そこまでの強さを持つことはないようなのだ。

だが、俺たちが対峙したあの化け物は……はっきり言ってとんでもないレベル。

ただの子供の幽霊が、いったいどうやって腕を鞭のようにしなる刃にできるだろうか。

道半ばで倒れた幼児の霊が、いったいどうやって確固たる精神を持つ騎士団を篭絡《ろうらく》させることができるだろうか。

加えて、どうやらあの化け物は子供たちの記憶をも操っていたらしい。

試練を受けていた子供たちの記憶を改竄し、あたかももともと馴染みがあるかのような人物として彼らの記憶に入り込んだらしい。

いったいなんの目的があったのか……ゴーストの思考など計り知れたものではないが、少なくとも何かしらの異常があることは確か。まだ抵抗力の弱い子供相手とはいえ、記憶の改竄《かいざん》などという高度な魔法、そう簡単に使えるものではない。

これを受けて何者かによって作為的に強化された個体なのではないか……という話が持ち上がり、大規模な調査が行われたが、結局今になっても犯人なんかは見つかっていない。

一応捜査は続いているみたいだが、それもおそらく望み薄だろう。

何せ、あのゴーストとまともに対峙したのは俺だけなのだ。その俺が何も知らないのだから、捜査は難航必至である。

……あぁ、それについてもちょっとばかり騒ぎになったな。

この事件での被害者は、俺を除けば奇跡的のゼロ人だ。死亡者はなく、怪我を負った者もいずれも軽傷である。

しかし問題なのは、重傷者が俺だけで、追随していたはずの騎士が一切の傷がないということだ。

子供が死に物狂いだった一方、戦闘のプロはいったい何をしていたのか、と非難が飛ぶのは想像に難くない。

まぁ一応擁護しておくと、彼らは〝洗脳〟に囚われていたのである。

生物の感情や意識を掌握するというのは、この世界ではできなくもないけれど非常に難しいことである。それが複雑な思考を持つ人間相手、しかもメンタルが並外れている騎士を相手にするのであれば、常識の範囲内では無理な話だ。

そんな道理がある中であのゴーストはアンシャイネスの騎士団を掌握して見せたのだから、ここは彼らを責めるのではなく、ゴーストの異常性を恐怖するべきだろうと思う。

とはいえ、結果として俺という（客観的には）子供が身を切るはめになったわけであり、その事実は騎士団の信頼性の低下と周辺住民の怒りや不安を煽るものとなる。

そういうわけなので、アデルベーター含め、多くの人が今回の事件による影響を治めるために奔走したようだ。

大変なことだなぁ……と、かなり偏った言い方をすれば俺のせいなのにそう他人事みたく思ってしまうが、まぁもう今にすれば終わった話だからな。

眠っている間に、本当いろいろなことが進んでいたみたいだ。

さて、そんなこんななゴタゴタがあったわけだが……この一連の事件を通して、俺が感じたのは無力感であった。

俺がもっと強ければ、俺が緊急への対応をスマートにできていれば、事はもっとスムーズに進んでいたことだろう。

何が「最強に至る〜」だ。

あんな体《てい》たらくでは、それになる前にくたばってしまう。

実際死にかけて、すべてが最悪になりかけたわけだ。

……この件が、本編における〝エレオノールの幼馴染〟の死亡原因なのは、おそらくたしかだと思う。

じゃあ、死線を乗り越えたわけだっ！

バッドエンド回避！　やったね！

なんて、なるわけがない。

また別の何かで死の危機に瀕するかもしれない。

そうしたらまた、エレオノールに助けてもらうのか？

あの時は彼女の起死回生があったから突破口が開いた。

護《まも》るべき相手に護られてどうする？

そもそも、今後もし危険な事態に陥った時、彼女がその場に居合わせている確証があるわけでもないのだ。

……いや、案外あるかもしれないけど、しかしそれとこれとは話が別であろう。

とにかく俺は強くならなければならない。

何物も跳ねのけられる、そんな力を持たなければ駄目だ。

でなければ、エレオノールに訪れるのはバッドエンドとなる。

……今現在も、そう痛感させられているしな。

彼女との関係性も、変わりつつある。

まぁ一方的に向こうが変わっているという節があるが……とにかく、俺はいよいよ死んではいけない存在なのだと突きつけられているのだった。

＊＊＊

鬱陶しいほどに太陽が照る昼下がり。

俺は、ほの暗い部屋の中にいた。

カーテンは閉め切られており、隙間から射すわずかな陽光以外には、この部屋を照らすものはない。

そんなある種の異質さを醸し出す空間に、俺たちは二人ぼっちで並んでいるのだった。

「ねぇ、アルクス」

意識をねっとり蝕み、とろめかせるような、そんな甘ったるい声がかけられる。

俺は瞑目し、閉口しながら続く言葉を傾聴する。

「お庭ではもう、美しい花々が咲いているみたいですよ？」

「……ええ、庭師さんが今年も自信作だ、と高らかにおっしゃっていました」

「この家の庭師の腕は非常に高いと評判みたいですからね、美しい光景が見られることでしょう」

　エレオノールはにこやかに笑みを浮かべていた。

　その視線の先には、窓がある。しかし茜色《あかね》のカーテンが閉め切られており、風景はおろか、陽光すらかなりの割合で遮られてしまっているのだった。

「よろしければ、今から庭園で散歩でもしましょうか。今日は暖かいですからね、美しい花に囲まれて歩くというのも気持ちの良いものでしょう」

「……ふふ、とっても魅力的な提案です」

　そう提案してみると、エレオノールは愉快そうに微笑んだ。

　思いがけずの好感触に「では――」などと話を進めようとすると、

「が」

　彼女は、やや冷ややかに口を開いた。

「今日は、駄目でしょう？」

　ちらりとエレオノールの視線がこちらを向く。

　俺の腕を抱擁する力が、ぎゅっと強まった。

　押しつけられた柔らかい感触に対して限りなく無心でいるよう心掛けると、俺は、さっと視線を逸らしてしまった。

「今日は如何なる危険からもあなたを守る日です」

すると彼女は、無理やりにこちらの視界に収まってくる。

すぐ隣にいるところから回り込んだことで、俺の膝の上にエレオノールが乗っているという、なんともトンデモナイ状況に悪化してしまった。

「私は、あなたに……アルクスに何かあっては耐えられません。とはいえ四六時中一緒にいることはできないということもわかっています」

「だから……一週間に一度だけ、こうしてずっと……ず〜っと一緒にいる時間を作ろうと決めたではないですか？」

ウルウルというふうに眉を垂らしながらエレオノールはこちらを向いた。

その眼をされると、俺は弱い。

しかし、どうにかこの状況は抜け出したいものである。

健全な執事と主人のあいだで、起こっていいシチュエーションではないだろうことは容易に思い至る。

「……まぁ、そう、でしたけど、ならこの拘束だけでも――――！」

「駄目、です」

はっきり意思を伝えようとすると、まるで断罪するかのように彼女の声に遮られる。そしてそれと同時に、俺の手足を縛る、真っ黒の触手が握力を強めた。

もとより動けないというのに、さらにギッチギチになって四肢は微動だにできない。

それでも圧迫、というほどのものではないのは、これが単なる拘束ではないことを意味しているのか。

「そう言ってこの前はお部屋から出て行ってしまったではないですか。何か大変なことがあなたに怒らないか、心配だったのですから」

彼女は膝立ちするような形で、俺の膝の上に跨った。

「そうは、言ってもですね……」と努めて冷静さを保ちながら口を開くが、残念ながら落ち着きを取り戻すことは叶わない。

やや震える声で、せめて彼女のある意味でまっすぐな意志を持つ瞳を見つめながら、俺は言った。

「もうすぐ学園に入学するのですから、やっぱりこういうものは控えるべきではないのかと……っ!!」

――――事件から、五年。

俺とエレオノールは十五歳になる。

その年齢と言えば……そう。

『セレスティア・キングダム』の物語が開始する時だ。

この世界に生まれ落ち、自分が死の運命にある……ということが発覚してからも、ここまでなんとか生き永らえてきた。

五年前生き残ってみせると決意したのを考えれば、万歳といえる結果だろう。

まぁ、運が良かったのだ。己の力を研鑽できる場があり、守ってくれる後ろ盾がおり、特段大きな事件が起きるわけでもない。試練の儀式のあの日以来、死の淵を彷徨ったという状況を味わうことはなかったのだった。

……しかし、その幸運の代償はあまり小さくない。

原因はまぁ、いろいろあるんだけど……。そのひとつには、俺の固有魔法《セレスティア》が関係する。

あの…もっとも死に近かった時を打開したこの魔法だが、その効果は対象のセレスティアをコピーするというものである。

あらゆる人間の固有の能力を、コピーして使い放題!? 超最強じゃんっ！

と、この魔法が発現した当時五歳の俺君は思ったわけだけど、まぁ、そんな都合良くいくはずがないわけで。

この、コピーにはデメリットがあるのだ。

それというのが……、『一度でもコピーした魔法に対して、著しく耐性が低くなる』というもの。

簡単に言うと、例えば種火程度の火を熾《おこ》す魔法をコピーしたとして、そのあとにオリジナルの魔法を喰らった場合、普通ならなんでもない火力でも全身が火だるまになってしまう……という感じだ。そよ風程度の魔法でも嵐に見舞われたかのように吹き飛んでしまうし、しもやけを起こすくらいの魔法なら全身が一瞬にして凍り付くことになるだろう。

正直言って、だいぶ致命傷だ。

少なくとも戦闘時に相手の魔法をコピーして意表を突くぜ！　みたいな戦法は限りなく難しい。

そしてつまりは、だ。

俺は、エレオノールの固有魔法《セレスティア》をコピーした。

彼女の魔法は実に汎用性が高い。

攻撃での用法ではおそらく今の俺なら無事で済むだろうけど、しかし……別の用法。例えば、拘束なんかで使うソレに対しては、俺は無力と言ってもいい。

そもそも魔法で重要なのはイメージである。

……俺が死にかけたあの日から、エレオノールの俺への態度がかなり一変した。

なんというべきか、過保護になったのだ。

俺が安全かどうかが心配すぎて、四六時中一緒にいさせてくれなどと言い出すくらいには、彼女の過保護は加速している。

そんな彼女が、俺を保護……という名の拘束をするイメージをもって魔法を行使すれば、文字通り俺は手も足も出なくなってしまうのだった。

もしエレオノールが錯乱して、ナイフをこちらに向けてきたとしても、おそらく今の俺では抵抗できない。

まぁ彼女に限ってそんなことはないだろうが……とはいえ自分の無力さを痛感して鍛錬を積んできたというのに、守るべき相手に弱点を握られているというのはなんだか情けないとも思ってしまう。

「学園に入学する……だから、ですよ」

エレオノールがニヤリと口角を上げた。

ぎゅっと、俺の腕を抱える強さが強まる。

その際に香る甘ったるい匂いが、なんともグルグルと思考をかき混ぜた。

……あの日から彼女が変わったのは、過保護、という部分だけではない。

「学園に通うようになれば一緒にいられる時間も……残念ながら減ってしまうのですから。今のうちにたっぷりと〝アルクス〟を感じなくてはっ」

エレオノールが上目遣いに俺の顔を覗く。

その瞳は、光の加減だろうか、ハイライトが無くてどことなく虚《うつ》ろな印象を与え得る。しかしよくよく見れば実情は逆で、その瞳の奥にはまるで決して逃がさない……というような固い、堅い意思が、俺の姿を映しながら宿っているのだった。

こんなふうに……「俺を感じる」などという謎の文言が飛び出るくらいには、彼女は俺に懐いてくれていた。もはや懐いているとかそういう次元なのか、いささか疑問ではあるけれど……今はそれについて深く考えることはできない、考えるべきではない。

とにかく、彼女の中でのアルクスという存在が肥大化していることはたしかなのであった。

「あ、そうでした」

不意に、思い立ったように。

「もし学園に不届き者がいて……手荒い真似ができない時がありましたら、私に言ってくださいね？」

「私たちの平穏を乱す者は、誰であろうと許さない、ので」

おそらく、語尾には弾むような音符がついているのだろう。

それくらいには軽く、ニコニコと無邪気な笑みを絶やさずに言ってのけた。

一切の白を宿さない、黒色の瞳につい視線が吸い込まれる。

いったいそこにどのような感情が込められているのか、もうあまり考えたくはない。

……もう闇堕ちしてる、なんてことは、ない……よな？

死の運命を乗り越えた先で、守りたかった彼女の笑顔を眺めるという理想的な状況であるというのに、俺はそう、縁起でもないことを考えてしまうのだった。

《了》

あとがき

まずは拙作を手に取ってくださった皆様、誠にありがとうございます。

そして出版に至るまでに携わってくださった方々、また本作を書籍化までに押し上げてくださった読者の皆様にも深甚なる感謝を申し上げます。できるならば、この後すべてのスペースを「感謝」で埋め尽くしたいところではあるのですが、それこそヤンデレの呪詛のようになってしまいますので自重しておきます。

さて、作品のほうに触れましょうか。

本作の粗筋《あらすじ》は……まぁタイトルを見ていただければ解決するのですが、しかしひとつだけ補足しておきますと「ヒロインがヤンデレになるまで」のお話でございます。タイトルで購入していただいた方は少し肩透かしを食らったかもしれませんが、ここで謝罪申し上げますね。

そういうわけなのでこの巻は序章的な意味を持つのですが、しかしなぜ丸々一巻使って序章を描いたのかといいますと（出版の都合とか抜きにしてね）、それは私が持つ『ヤ・ン・デ・レ・の・理・念』のひとつに「激重《げきおも》な愛には説得力を持たせよ！」というものがあったからです。

体感になってしまいますが、最近の……少なくとも本作を「カクヨム」にて投稿した時期は、ヤンデレという属性をテーマにする作品が人気だったように思いました。

ええ、わかります。

ヤンデレは言ってしまえば「一途な愛情レベル99」みたいなものですから、ある意味で目移りしないという安心感や愛される気持ちよさみたいなものを感じられるわけです。現実における行き過ぎた愛はＤＶにつながりますけど、フィクションなら関係ありませんしね。

しかしそれほどまでの重い愛を抱くには、フィクションだとしても……いやだからこそ、相応の理由が要ると思うのです。ここは個人差や価値観が分かれるところではありますが、束縛や依存に至るほどの感情を抱くまでにはやはり過程が重要ではないですか。それを数ページや数千文字で済ませてしまうというのは、ヤンデレをテーマにするうえではもったいないのではないかと思うのですね。

まぁ結局は小説技術もへったくれもない若輩者《じゃくはいもの》の意見ですので、卓越した作家様が描けば説得力を持たせたうえでコンパクトにまとめてしまうのでしょうが……。

それになんだか書いているうちに「好意の理由付けとか、恋愛モノとして当たり前なことを言っているのでは……？」と思われてきましたが……。

とにかく、そういう理由で今回序章を丁寧に描くことに踏み切ったのです。

……さて、本格的に物語が動いていくのはここからでございます。エレオノール先輩の激重感情が本領発揮していくわけですね。

今作が書籍としてどれほどまで続いていくのか、私の知るところにはございませんが、しかし読者様が少しでも「読んでよかった」と思っていただけるよう努力を重ねてまいりますので、応援のほどよろしくお願いします。

それでは、オーミヤビでした。

オーミヤビ

唯一無二の最強テイマー
～国の全てのギルドで門前払いされたから、他国に行ってスローライフします～
原作：赤金武蔵　漫画：田村紘一
キャラクター原案：LLLthika
異世界還りのおっさんは終末世界で無双する
原作：羽々音色　漫画：ダンタガワ
オルクセン王国史
～野蛮なオークの国は、如何にして平和なエルフの国を焼き払うに至ったか～
原作：樽見京一郎　漫画：野上武志

雷帝と呼ばれた
最強冒険者、
魔術学院に入学して
一切の遠慮なく無双する
原作：五月蒼　漫画：こばしがわ
キャラクター原案：マニャ子
どれだけ努力しても
万年レベル0の俺は
追放された
原作：蓮池タロウ
漫画：そらモチ
モブ高生の俺でも冒険者になれば
リア充になれますか？
原作：百均　漫画：さぎやまれん　キャラクター原案：hai
COMIC
NOVA
ノヴァ
https://www.123hon.com/nova/
話題の作品
続々連載開始!!

転生貴族の異世界冒険録
～カインのやりすぎギルド日記～
原作：夜州　漫画：香本セトラ
キャラクター原案：藻
レベル１の最強賢者
原作：木塚麻弥　漫画：かん奈
キャラクター原案：水季
我輩は猫魔導師である
原作：猫神信仰研究会　漫画：三國大和
キャラクター原案：ハム

捨てられ騎士の
逆転記！
原作：和田 真尚
漫画：絢瀬あとり
キャラクター原案：オウカ
身体を
奪われたわたしと、
魔導師のパパ
原作：池中織奈　漫画：みやのより
キャラクター原案：まろ
バートレット英雄譚
原作：上谷岩清　漫画：三國大和
キャラクター原案：桧野ひなこ
コミックポルカ
COMICPOLCA
話題のコミカライズ作品を続々掲載中！
毎週金曜更新
公式サイト
https://www.123hon.com/polca/
X(Twitter)
https://twitter.com/comic_polca
コミックポルカ
検索

BRAVENOVEL
ブレイブ文庫

闇堕ちラスボス令嬢の幼馴染に転生した。俺が死んだらバッドエンド確定なので最強になったけど、もう闇堕ち【ヤンデレ化】してませんか？1

2025年1月24日　初版発行

著　者　　オーミヤビ

発行人　　山崎　篤

発行・発売　　株式会社一二三書房
〒101-0003 東京都千代田区一ツ橋2-4-3
光文恒産ビル
03-3265-1881

編集協力　　株式会社パルプライド

印刷所　　中央精版印刷株式会社

■作品の感想、ファンレターをお待ちしております。

■本書の不良・交換については、メールにてご連絡ください。
株式会社一二三書房　カスタマー担当
メールアドレス：support@hifumi.co.jp

■本書は小説投稿サイト「カクヨム」（https://kakuyomu.jp/）に掲載された作品を加筆修正し書籍化したものです。

ISBN 978-4-8242-0359-5 C0193